CONQUISTANDO A TERRA

Editora Appris Ltda.
1.ª Edição - Copyright© 2022 do autor
Direitos de Edição Reservados à Editora Appris Ltda.

Nenhuma parte desta obra poderá ser utilizada indevidamente, sem estar de acordo com a Lei nº 9.610/98. Se incorreções forem encontradas, serão de exclusiva responsabilidade de seus organizadores. Foi realizado o Depósito Legal na Fundação Biblioteca Nacional, de acordo com as Leis nos 10.994, de 14/12/2004, e 12.192, de 14/01/2010.

Catalogação na Fonte
Elaborado por: Josefina A. S. Guedes
Bibliotecária CRB 9/870

N935c 2022	Novais, Rui Denizard Alves 　　Conquistando a terra / Rui Denizard Alves Novais. - 1. ed. - Curitiba : Appris, 2022. 　　167 p. ; 23 cm. 　　ISBN 978-65-250-3795-0 　　1. Literatura de sabedoria. 2. Transcendência (Filosofia). I. Título. 　　　　　　　　　　　　　　　　　　　　　　　CDD - 223

Appris
editora

Editora e Livraria Appris Ltda.
Av. Manoel Ribas, 2265 – Mercês
Curitiba/PR – CEP: 80810-002
Tel. (41) 3156 - 4731
www.editoraappris.com.br

Printed in Brazil
Impresso no Brasil

Rui Denizard Alves Novais

CONQUISTANDO A TERRA

FICHA TÉCNICA

EDITORIAL	Augusto Vidal de Andrade Coelho
	Sara C. de Andrade Coelho
COMITÊ EDITORIAL	Marli Caetano
	Andréa Barbosa Gouveia (UFPR)
	Jacques de Lima Ferreira (UP)
	Marilda Aparecida Behrens (PUCPR)
	Ana El Achkar (UNIVERSO/RJ)
	Conrado Moreira Mendes (PUC-MG)
	Eliete Correia dos Santos (UEPB)
	Fabiano Santos (UERJ/IESP)
	Francinete Fernandes de Sousa (UEPB)
	Francisco Carlos Duarte (PUCPR)
	Francisco de Assis (Fiam-Faam, SP, Brasil)
	Juliana Reichert Assunção Tonelli (UEL)
	Maria Aparecida Barbosa (USP)
	Maria Helena Zamora (PUC-Rio)
	Maria Margarida de Andrade (Umack)
	Roque Ismael da Costa Güllich (UFFS)
	Toni Reis (UFPR)
	Valdomiro de Oliveira (UFPR)
	Valério Brusamolin (IFPR)
SUPERVISOR DA PRODUÇÃO	Renata Cristina Lopes Miccelli
ASSESSORIA EDITORIAL	Débora Sauaf
REVISÃO	Ana Carolina de Carvalho Lacerda
DIAGRAMAÇÃO	Bruno Ferreira Nascimento
CAPA	Bruno Ferreira Nascimento

Dedico este livro a todos aqueles que cruzaram meu caminho existencial e contribuíram para o meu crescimento, maturidade pessoal e profissional, bem como àqueles que querem ou estão caminhando nas estradas de suas próprias existências.

APRESENTAÇÃO

Escrevo este livro, em primeiro lugar, para mim mesmo, para registrar minhas experiências na busca de libertação, maturidade pessoal e profissional, bem como para aqueles que olham para o céu e clamam em oração dizendo: "Veni Creator Spiritus" e renove a face da Terra, renove os corações daqueles que para tu criastes, sabendo de antemão que a face da Terra precisa ser renovada, começando no seu próprio SER, no seu modo de agir e no seu decidir. Sem a pretensão de esgotar o assunto e sem querer ser o dono da verdade, mas como uma placa na estrada a indicar o caminho, com base na minha experiência e testemunho, àqueles que vierem após mim ou que quiserem caminhar comigo, assim como àqueles que vieram antes de mim também deixaram placas e setas na estrada, indicando que Jesus Cristo é o caminho que leva ao Pai, cada um com sua maneira de pensar e crer, em sua própria época e no seu contexto histórico, mas que, sem dúvida alguma, deixou um grande legado para a humanidade. "Toda pessoa que tem uma história de fé deixa um rastro luminoso, para que não nos percamos nas trevas"[1].

Tem um enfoque ontológico, epistemológico e ético, em que **ser + conhecer** (conhecimento e graça) = **agir**. Um viajar na própria história e na história da humanidade e do pensamento humano, em que o homem pós-moderno vive a necessidade de ultrapassar seus limites, suas crises, sua finitude e transcender rumo àquele que o criou, restaurar sua imagem perdida e deformada, superar seus medos, conceitos, pré-conceitos, suas angústias, tristezas, ansiedades e depressões, frutos da modernidade secular e dessacralizada.

Minha experiência de **ser** cristão no mundo pós-moderno, uma experiência espiritual que ressurge das cinzas daquilo que foi vivenciado pelos antigos cristãos, pela Idade Média, pelos grandes doutores e místicos da Igreja e um apelo ao reavivamento do Espírito Santo na Igreja de Cristo. Um resgate de uma espiritualidade que sobrevive à filosofia da luz[2].

---

[1] Homilía Pe. Fabiano, mencionada por Mara Lúcia em seu Instagram, em homenagem à sua mãe, Joana D'Arque.

[2] "Filosofia da luz": expressão usada para designar a trajetória do pensamento filosófico do mundo moderno, em que se tentava dar todas as respostas aos anseios humanos e resolver todas as suas questões e problemas por meio da ciência e da razão. O sagrado havia perdido o seu valor e não era mais cogitado para a solução dos problemas humanos. Com base nesses pensamentos, a cultura moderna tornou-se cada vez mais secularizada e teve como consequência a dessacralização do mundo com seus valores, conceitos e costumes.

Conquistando a Terra é fruto da minha caminhada existencial, de consolos e desertos espirituais, lutas, quedas, ganhos e perdas, vitórias e derrotas, alegrias e tristezas, frustrações, decepções, angústias, crises existenciais, de minhas pregações, de minhas aulas como professor, da minha vida como profissional da advocacia, do meu curso de graduação em Filosofia e pós-graduação em Ciências da Religião, em Teologia e Pós-Modernidade, em Filosofia Clínica, da minha experiência de ser filho, pai, esposo e amigo. É fruto de um nascer de novo, agora para Deus, e não mais para o mundo, em que a minha visão é focada no homem como "ser", criatura e filho de Deus. Meu conhecimento no sentido de conhecimento e graça, experiência e sabedoria, bem como na necessidade de um comportamento melhor, saudável e equilibrado, dentro de uma ética cristã, na qual as minhas decisões e ações não podem mais ser pautadas com base em **resultados** egoístas, mais fáceis, prazerosos e lucrativos, mas sim, e acima de tudo, devem ser decisões baseadas em **princípios** cristãos, seja qual for o resultado.

Uma experiência voltada para a própria libertação, na qual a liberdade não é desregrada, mas disciplinada, como condição de estar na comunidade falando de libertação com a busca de sua própria libertação, enfim, ajudando aqueles que sofrem também as injustiças deste mundo globalizado e capitalista selvagem, no qual as pessoas são cada vez mais frias, calculistas e individualistas, um mundo sem diálogo, sem amor, sem fraternidade, sem solidariedade.

É uma experiência de estar no mundo e poder vislumbrar que faz parte deste mesmo mundo como criatura e filho de Deus, e, como ser criado que é, poder desfrutar das maravilhas e perfeições da própria criação. É olhar para o céu sabendo que é apenas um ponto neste universo infinito de Deus e poder proclamar: "Veni Creator Spiritus" e renove a face da Terra, dando forma àquilo que está sem forma, trazendo luz para toda escuridão, trazendo vida para o que está sem vida, renove o coração daquele que para tu criastes.

O autor

SUMÁRIO

INTRODUÇÃO 11

A PROMESSA 16

A HISTÓRIA 18

O CAMINHO, O ENCONTRO, UMA TERRA CONQUISTADA 20

UMA DOR NA ALMA 33

UM HOMEM RICO 43

O HOMEM E SUAS DIMENSÕES 46

A DIMENSÃO BIOLÓGICA 55

A DIMENSÃO PSICOLÓGICA 57

A DIMENSÃO ESPIRITUAL 70

A SABEDORIA DE DEUS 95

A CONQUISTA DA TERRA 117

MEU NOME É ISRAEL 142

O MUNDO 149

O CONVITE 163

INTRODUÇÃO

> O homem do mundo está inteiro em sua máscara. Não estando quase nunca em si mesmo, é sempre um estrangeiro e sente-se pouco à vontade quando é obrigado a voltar a si. O que ele é nada é, *o que parece ser é tudo para ele.*
>
> (Jean-Jacques Rousseau)

Desde os mais remotos questionamentos a respeito do "eu" na Grécia Antiga, "Penso, logo existo", "Conhece-te a ti mesmo", nos enigmas da esfinge em Édipo Rei, "decifra-me ou devoro-te", o homem em seu processo de "devir" — vir a ser — vem procurando caminhos que o levem a uma experiência verdadeira de Ser. Filósofos, cientistas, sociólogos, antropólogos, teólogos e outros... ólogos e... istas têm examinado e estudado, desde a doutrina da criação, com seus argumentos espiritualistas à teoria do evolucionismo, com suas explicações acerca da evolução humana, a era da pedra lascada, o fenômeno social a partir do feudalismo, a Revolução Industrial, o Iluminismo, o Renascimento, a Revolução Francesa, a Reforma e a Contrarreforma do movimento religioso, o Mercantilismo, a 1.ª e 2.ª Guerra Mundial e outros conflitos da humanidade, a era da informática, a globalização da economia, a doutrina da *new age* com seus avatares. Tem sido busca de respostas para o existir da humanidade.

Alguns pensadores existencialistas, ou não, teólogos e exegetas bíblicos têm questionado a nossa existência e qual é a finalidade última dela, e, para justificar alguns comportamentos e atitudes, vêm argumentando que, sendo nossa realidade de barro, de acordo com a teoria do criacionismo bíblico[3], por que exigir de nós atitudes

---
[3] Gênesis 1,7.

de anjos? Outros exegetas mais antropológicos e adeptos da teoria de Darwin sobre o evolucionismo têm argumentado que o fato de que a nossa existência está sempre em evolução — não estamos completos e acabados — pode justificar todos os nossos erros e defeitos; outros acreditam ainda em outras oportunidades pela evolução do espírito em várias vidas encarnadas e, no fim, somos budistas, hinduístas, judeus, muçulmanos, "cristãos"..., e, apesar de todas essas teorias e crenças, cada uma com sua própria doutrina e maneira de pensar, acomodamos com nossas existências cheias de defeitos de caráter e vícios advindos na grande maioria das vezes da falta de conhecimento do nosso próprio EU, do mundo cosmos e do próprio Deus. Tudo serve para **justificar** nossas más ações, mas nada serve para **mudar** nossos comportamentos. Apesar de todo o conhecimento, apesar de toda a indústria do entretenimento, confortos, tecnologias, avançados meios de comunicação, o homem não se sente confortável para viver em sociedade, às vezes prefere estar só, e como consequência fica mais frágil, emocionalmente falando, depressivo, frio, calculista, infeliz. Ainda estamos divididos **em nome de Deus**, desamamos **em nome de Deus**, excluímos **em nome de Deus**, matamos e fazemos guerra **em nome de Deus**, manipulamos e escravizamos **em nome de Deus**, agimos por questões políticas e sociais em nosso próprio benefício **em nome de Deus**, fazemos leis para beneficiar os ricos em detrimento dos pobres **em nome de Deus**, somos egoístas, medíocres e hipócritas **em nome de Deus**.

Apesar de todas as maneiras de compreender o homem, o mundo e Deus, ocorridos no decorrer da história da humanidade, quer na Filosofia, com suas variadas formas de pensamentos, quer na Teologia, com suas culturas e crenças, quem é o homem? De onde ele vem? Para onde ele vai? O que é Deus? Por que tenho que ser um "**ser**" religioso, espiritual?

São questões que vão muito além da razão e da ciência, vão muito além do iluminismo tão difundido no mundo moderno, vão além de nós mesmos, são questões que nos transcendem, transcendem nossas limitações, nossas finitudes, e colocam-nos diante do mistério da vida, que somente a fé poderá nos responder, somente a nossa experiência pessoal com o sagrado, com um ser infinito e de todo poder chamado Deus poderá satisfazer todos os nossos questionamentos e anseios.

Aqui eu não quero questionar outras crenças, outras doutrinas e nenhum outro pensamento filosófico, não estou escrevendo um tratado de Filosofia ou de Teologia, aliás, o pouco que for mencionado de Filosofia e de Teologia são apenas alguns fragmentos, para facilitar um maior posicionamento dentro daquilo que quero expor. O que quero questionar é exatamente a espiritualidade ou religiosidade cristã no mundo pós-moderno com tantas outras alternativas de **crer**, em que o homem necessita resgatar a dignidade de "**ser**", em outras palavras, necessita entender e viver o processo de procurar a si mesmo, necessita deixar de viver na superficialidade da vida e do conhecimento, interiorizar suas verdades e seus princípios. Tudo que for por mim escrito foi primeiramente meditado, vivido e experimentado; não são apenas conhecimentos do intelecto, foi primeiramente passado pelo coração, alguns com sentimentos de muita alegria e outros de muita dor. São experiências existenciais, uma maneira subjetiva de como percebo a mim mesmo, o outro, o mundo e o fenômeno do sagrado no meu próprio existir.

Aqui, a sabedoria nasce da experiência vivida na trajetória da própria condição de ser ou dever ser. Sabedoria essa que, na visão do escritor Jorge Augusto Cury,

> [...] não está em não errar, chorar, se angustiar e se fragilizar, mas em usar seu sofrimento como alicerce de sua maturidade. O homem que aprende a se interiorizar e a criticar suas 'verdades', seus dogmas e seus paradigmas socioculturais estimula a revolução da construção das idéias nos bastidores clandestinos de sua mente. Assim, sai do superficialismo intelectual e, no mínimo, aprende a concluir que os processos de construção da inteligência, dos quais se destacam a produção das cadeias psicodinâmicas dos pensamentos e a formação da consciência existencial do "eu", são intrinsecamente mais complexos que uma explicação psicológica e filosófica meramente especulativa e superficial, que chamo de explicacionismo, psicologismo, filosofismo.[4]

Quem é Jesus Cristo? Quais são as promessas para aqueles que o seguem? O homem precisa ser salvo de que e de quem? Por que eu preciso ser cristão para ser feliz, para entender a mim mesmo e interiorizar minhas verdades e meus princípios?

---

[4] CURY, Augusto Jorge. *Inteligência multifocal*. 2 ed. São Paulo: Cultrix, 1998. p. 29-30.

Bom, em primeiro lugar, acredito que para "ser" cristão tenho que seguir o evangelho de Cristo, suas palavras, seus passos e, enfim, tenho que seguir o próprio Jesus Cristo. Tenho que adotar seus **princípios** como medidas para nortear minhas decisões e atitudes de vida. Não há como falar em ser cristão se, em vez de acolher seus princípios, acolho os princípios mundanos que me são mais convenientes, ou ainda, muitas vezes, por interesses pessoais, não acolho nenhum princípio preestabelecido, fico analisando os efeitos mais favoráveis a mim, se eu tomar esta ou aquela decisão.

Para seguir alguém, eu devo primeiramente conhecer essa pessoa, devo me questionar quem é essa pessoa, quem é Jesus Cristo e o que Ele quer de mim como seu seguidor e discípulo e, ainda, o que Ele pode fazer por mim.

O que ele pode fazer por mim? O que é que eu preciso que alguém faça por mim que eu mesmo não consiga fazer? E se eu não posso fazer? Por que só Ele pode?

Parece que eu me deparei aqui com outra questão: o que precisa ser feito por mim? Aqui entra também a questão de se saber da minha existência, a parte ontológica de mim mesmo, já que a ontologia é a parte da Filosofia que estuda o SER.

Parece-me que, antes de conhecer quem é Jesus, para que eu possa segui-lo ou não, faz-se necessário primeiramente conhecer *quem sou eu*, o que eu acredito que sou. Eu estou satisfeito comigo mesmo? Preciso de alguma ajuda existencial? Estou satisfeito com o meu conhecimento e minha estrutura de pensamento? Estou satisfeito com a visão que tenho da minha própria existência? Como vejo o mundo? Se eu não estou em nenhuma crise existencial com a minha maneira de ser, por que eu preciso seguir alguém que nem conheço direito? Um salvador? Salvador de quê? Alguém que foi morto em uma cruz sob acusação de ter sido um revolucionário? O que Esse revolucionário pode **revolucionar** na minha vida?

Por meio de uma maiêutica socrática[5], ou até mesmo pelo método da dúvida e questionamentos cartesianos[6], numa conversa comigo mesmo, vou tentar explicar o que eu entendo de ser cristão. Para facilitar minha explicação, vou criar um diálogo, uma história com dois personagens que, a princípio, não são muito parecidos, mas que, por percorrerem o mesmo caminho, por se encontrarem na mesma estrada, veem-se identificados por estarem na mesma busca e por partilharem o mesmo coração.

O primeiro é um senhor de idade já avançada, de barbas grisalhas e longas, feições tranquilas, sereno, conversa pausada, calmo, um olhar penetrante, homem experimentado na vida e na dor, e que, depois de ter viajado bastante na trajetória e nos bastidores de sua própria existência, encontra repouso em um velho casebre à beira de uma estrada, fincada no sopé de uma serra e margeada por um lindo e cristalino riacho. Esse personagem será chamado de **velho sábio**. O outro, uma pessoa de meia-idade, aparentando mais ou menos 35 a 40 anos, meio triste, afadigado, ansioso, deprimido, e, pelo que me parece, está caminhando em círculos e sem rumo à procura de si mesmo. Este será chamado de **viajante**.

Encontro de **duas pessoas especiais**, uma já avançada na arte de velejar em sua própria jornada e outra ainda nos primórdios de sua existência, e, apesar de estarem aparentemente muito distantes, **fazem parte de épocas diferentes da mesma história**.

O primeiro é o *ideal* do ser humano, homem que busca estar na estatura de Cristo; o segundo é ainda o *real* de alguém que entra no caminho e busca incessantemente a presença *transformadora*, *salvadora* e *santificadora* de Deus. O lugar e as conversas entre ambos são arrebatamentos de alma e espírito em momentos de meditação, oração e conversa do autor com o próprio Deus e consigo mesmo. São momentos de arrebatamento, de um vislumbrar do homem liberto, uma terra sarada, um lugar onde corre leite e mel. Um vislumbrar da terra prometida.

---

[5] Maiêutica socrática: para Sócrates, a alma só pode alcançar a verdade "se ela estiver grávida". Da mesma forma que a mulher, para dar à luz, precisa da parteira, também o discípulo que tem a alma grávida da **verdade** tem necessidade de uma espécie de **arte obstétrica espiritual** que ajude essa **verdade** a vir à luz.

[6] Método da dúvida e do questionamento cartesiano: Descartes acreditava que a dúvida capacitava a razão humana a conhecer e estabelecer a verdade. Afirmava que devemos rejeitar como falso tudo aquilo do qual podemos duvidar. Só devemos aceitar as coisas indubitáveis. O objetivo da dúvida cartesiana é encontrar uma primeira verdade impondo-se com absoluta certeza. Trata-se de uma dúvida metódica, voluntária, provisória e sistemática. Não atingiremos a verdade, se, antes, não pusermos todas as coisas em dúvida. E, após duvidar de tudo, descobre-se a primeira certeza: "Cogito, ergo sum" – "Penso, logo existo". Foi assim que ele passou a não mais duvidar da sua existência.

A PROMESSA

Eis que chegarão dias – oráculo de Javé – em que farei uma aliança nova com Israel e Judá. Não será como a aliança que fiz com seus antepassados, quando os peguei pela mão para tirá-los da terra do Egito; aliança que eles quebraram, embora fosse eu o Senhor deles – Oráculo de Javé. A aliança que eu farei com Israel depois desses dias é a seguinte – oráculo de Javé: Colocarei minha lei em seu peito e a escreverei em seu coração; eu serei o Deus deles, e eles serão o meu povo.[7]

Por isso, diga à casa de Israel: Assim diz o Senhor Javé: Não é por causa de vocês que estou agindo assim, ó casa de Israel, mas por causa do meu nome santo, que vocês profanaram no meio das nações aonde foram parar. Vou santificar o meu nome grandioso, que foi profanado entre as nações, porque vocês o profanaram entre elas. Então as nações ficarão sabendo que eu sou Javé – oráculo do Senhor Javé quando eu mostrar a minha santidade em vocês diante deles. Vou pegar vocês no meio das nações, vou reuni-los de todos os países e levá-los para a sua própria terra. Derramarei sobre vocês uma água pura, e vocês ficarão purificados. Vou purificar vocês de todas as suas imundícies e de todos os seus ídolos. Darei para vocês um coração novo, e colocarei um espírito novo dentro de vocês. Tirarei de vocês o coração de pedra. Colocarei dentro de vocês o **meu espírito**, para fazer com que vivam de acordo com os meus estatutos e observem e coloquem em prática as minhas normas. Então vocês **habitarão na terra** que dei aos seus antepassados: vocês serão

---

[7] Jer. 31,31-33.

o meu povo, e eu serei o Deus de vocês. Livrarei vocês de todas as suas Impurezas.[8]

Depois disso, derramarei o meu espírito sobre todos os viventes, e os filhos e filhas de vocês se tornarão profetas; entre vocês os velhos terão sonhos e os jovens terão visões! Nesses dias, até sobre os escravos e escravas derramarei o meu Espírito! Farei prodígios no céu e na terra[9].

Estando com os apóstolos numa refeição, Jesus deu-lhes esta ordem: 'Não se afastem de Jerusalém. Esperem que se realize a promessa do Pai, da qual vocês ouviram falar: João batizou com água; vocês porém, dentro de poucos dias, serão batizados com o Espírito Santo'[...] O Espírito [...] Santo descerá sobre vocês, e dele receberão força para serem as minhas testemunhas em Jerusalém, em toda a Judéia e Samaria, e até os confins da terra.[10]

---

[8] Ez. 36,22-29.
[9] Joel 3,1-3.
[10] Atos 1,4-8.

A HISTÓRIA

Jesus saiu de Jericó, junto com seus discípulos e uma grande multidão. Na beira do caminho havia um cego que se chamava Bartimeu, o filho de Timeu; estava sentado, pedindo esmolas. Quando ouviu dizer que era Jesus Nazareno que estava passando, o cego começou a gritar: 'Jesus, filho de Davi, tem piedade de mim!'. Muitos o repreenderam e mandaram que ficasse quieto. Mas ele gritava mais ainda: 'Filho de Davi, tem piedade de mim!'. Então Jesus parou e disse: 'chamem o cego'. Eles chamaram o cego e disseram: **'Coragem, levante-se, porque Jesus está chamando você'** O cego largou o manto, deu um pulo e foi até Jesus. Então Jesus lhe perguntou: 'O que você quer que eu faça por você? O cego respondeu: 'Mestre, eu quero ver de novo'. Jesus disse: 'Pode ir, a sua fé curou você'. No mesmo instante o cego começou a ver de novo e seguia Jesus **pelo caminho**...[11]

Estava como que cego, sem chão, sem rumo, estava à margem do caminho, então de joelhos clamei ao Senhor: "Filho de Davi, tem piedade de mim". Algo falava ao meu coração: "**Coragem**, levante-se, pegue a estrada, o Senhor chama você".

É verdade também que algumas vozes tentaram abafar o meu grito, mas eu não queria mais aquelas vozes sedutoras e manipuladoras do mundo que me deixava cada vez mais cego, eu precisava do Senhor. Sabia que só ele poderia me devolver a sanidade, devolver minha visão, recuperar minha identidade perdida, recuperar minha imagem deformada, arrancar minhas máscaras..., eu queria o Senhor, e não mais o mundo. Então eu gritava novamente: "Senhor, tem piedade de mim".

---

[11] Mc. 10,46-52.

Dentro de mim insistia: "**Coragem levante-se, o Senhor chama você**". Foi assim que, como Bartimeu, resolvi jogar o manto fora, dar um pulo, pegar a estrada e ir até o Senhor e dizer a Ele "**Senhor, eu quero ver de novo**". Foi assim que iniciou minha jornada, minha caminhada: **O Senhor me chamou, e eu me levantei.**

O CAMINHO, O ENCONTRO, UMA TERRA CONQUISTADA

1 Depois da morte de Moisés, servo do Senhor, o Senhor falou àquele que tinha sido o ajudante de Moisés, e cujo nome era Josué, filho de Num, e disse-lhe: **2** "Moisés, o meu servo, morreu. Leva o povo a atravessar o Jordão para a terra prometida. **3** Digo-te o que disse a Moisés: Toda a terra por onde fores pertencerá a Israel; **4** desde o deserto do Negueve a sul, até às montanhas do Líbano a norte; e desde o mar Mediterrâneo a poente, até ao rio Eufrates no oriente, incluindo toda a terra dos hititas. **5** Ninguém terá força bastante para se opor a ti, enquanto viveres, porque serei contigo tal como fui com Moisés; não te abandonarei nem te desampararei. **6** Esforça-te e tem ânimo, pois serás bem-sucedido na chefia do meu povo; este conquistará toda a terra que prometi aos seus antepassados. **7** Precisas apenas de ser forte e corajoso e obedecer literalmente a toda a Lei que Moisés te deu, visto que se fores cuidadoso no cumprimento da mesma, tudo o resto te correrá bem. **8** Lembra constantemente ao povo este livro da Lei; tu próprio deverás meditar nele, dia e noite, para teres a certeza de que obedeces integralmente ao que nele está escrito, porque só então terás sucesso. **9** Sim, sê ousado e forte! Abandona o medo e a dúvida! Não te deves esquecer que o Senhor, teu Deus, está contigo para onde quer que vás.[12]

Depois de ter viajado bastante, já cansado da sua própria existência, já no cair da tarde, quase escurecendo, o viajante avista ao longe a fumaça de uma chaminé, provavelmente de um fogão de lenha de um

---
[12] Josué 1,1-9.

pequeno casebre de beira de estrada, o que serviu de alento e motivo para apressar o passo, pois, além de cansado, estava também com muita fome e quase já sem combustível para continuar a caminhada.

Momento em que o cozinheiro é também despertado pelo barulho de pisadas em folhas secas, bem como pelo barulho de pássaros, que anunciam a chegada de alguém, e, quando olha pela fresta de uma pequena janela de madeira, avista a chegada de um viajante com aparência cansada e sofrida, que mais parecia gente que vem de longe, sem destino, sem rumo, sem parada, gente que não sabe de onde veio nem para onde vai.

Já na parte de fora do casebre, o velho escuta do viajante um "Boa tarde, moço", então responde ao viajante com um aceno de cabeça e um pequeno e baixinho "Boa tarde", pois, como quase não falava com ninguém, a não ser consigo mesmo e alguns viajantes que passam por ali esporadicamente, tem uma tonalidade de voz bem baixa.

— De onde vem o moço? — indaga o velho ao viajante, que de pronto responde:

— Não tenho parada não, senhor, tenho andado muito e meio sem rumo, viajando em muitas histórias, talvez tentando encontrar a minha própria, mas, pelo cair da noite, já estou meio que desanimado.

Abrindo um parêntese na história, quero aqui salientar que o termo "cair da noite" na viagem e na estrada do viajante significa escuridão de alma, sombras, trevas, noites escuras, desilusões, tristezas, quase um fundo de poço, lugar sem luz e sem esperança.

— Pois então vamos entrar. Retrucou o velho.

— Vamos comer um pouco de feijão com farinha e toucinho com ovo frito, isso vai animar o amigo para mais um pouco de caminhada.

O que foi aceito de pronto pelo viajante, que, depois de lavar o rosto e os pés em uma bacia de água servida pelo velho, dirigiu-se para uma pequena mesa onde já estava servido o tão esperado feijão com toucinho, o que restabeleceu um pouco as forças do viajante.

Quero aqui salientar também que a comida oferecida pelo velho sábio na história é um alimento mais consistente, alimento mais sólido, pois neste tempo do pós-moderno, depois da dessacralização e secularização do mundo, frutos do iluminismo moderno, precisamos de mais profundidade naquilo que conhecemos e acreditamos.

> Aprofundar a fé – Temos muito a dizer sobre o assunto, mas é difícil explicar, porque vocês se tornaram lentos para compreender. Depois de tanto tempo, vocês já deviam ser mestres; no entanto, ainda estão precisando de alguém que lhes ensine as coisas mais elementares das palavras de Deus. Em vez de alimento sólido, vocês ainda estão precisando de leite. Ora, quem precisa de leite é criança, e não tem experiência para distinguir o certo do errado. E o alimento sólido é para os adultos que, pela prática, estão preparados para distinguir o que é bom e o que é mau.[13]

Depois do jantar, percebendo o velho a necessidade do viajante, serviu ainda um pedaço de rapadura com queijo de cabra e propôs que sentassem um pouco em umas cadeiras de balanço que ficavam em uma pequena varanda à porta da sala do casebre, e ali conversaram até tarde da noite.

No início, o velho nada falava, só escutava o viajante a despejar toda sua existência de dor, de sombras e trevas, uma verdadeira vida perdida, totalmente sem rumo. De vez em quando ele só assentia com a cabeça, como quem estava concordando ou escutando a fala do amigo, mas nada acrescentava, somente escutava; dava à impressão de que ele estava tentando entender a estrutura do pensamento do viajante; e, até então, enquanto ele não entendesse o que o viajante pensava, nada podia fazer. Na sua maneira de entender as coisas, ele só poderia interferir se fosse para esclarecer ou para ajudar a colocar as ideias de seu convidado no devido lugar, a ajudá-lo a se encontrar e sair dos conflitos existenciais. E assim ele escutou o amigo viajante a relatar sua história por vários dias, até completar toda a sua historicidade, desde a mais tenra idade até os dias atuais. Fazia apenas algumas pequenas interrupções quando sentia que tinha ficado algo para trás, alguma coisa meio vaga ainda não relatada.

Em todo o seu relato o viajante deixava muito claro que se sentia muito vazio e solitário, muita aridez existencial, rejeitado pela vida e por todos, com um buraco na alma em que parece caber o mundo, e que, mesmo acreditando em muitas coisas, nada acontecia em sua vida.

Mesmo percebendo que o viajante tinha o "sagrado" como principal ponto de apoio e decisão, o velho sábio resolve fazer este questionamento:

---
[13] Hb. 5,11-14.

— O amigo acredita mesmo em Deus? Perguntou o velho, o que provocou mais de 30 minutos de resposta do viajante declarando que acreditava no Nosso Senhor Jesus Cristo, em Nossa Senhora Aparecida, em Iemanjá, em Padre Cícero, no pastor que morava perto de sua casa, na mãe menininha, no pai de santo, em jogo de búzios, no Buda; sua casa era cheia de cristais para energizar o ambiente, cheia de gnomos, tinha uma ferradura atrás da porta para lhe trazer um pouco de sorte, benzia-se sempre colocando um galho de arruda atrás das orelhas, sempre que podia ia até a igreja, era batizado, tomava de vez em quando alguns passes, lia a sorte, olhava sempre o que falava seu horóscopo, mas nada lhe adiantava, parece que estava mesmo... de arara. Para finalizar, devolve a pergunta ao velho:

— O senhor acredita em mandinga?

Depois de muita escuta, já com a estrutura de pensamento do viajante formada, o velho retrucou:

— Parece que o amigo acredita em coisas demais, e talvez seja isso que esteja te deixando com muitas angústias. Apesar de acreditar em muita coisa, sua crença não tem resolvido as questões de sua existência.

— Mas você também não acredita em Deus? Retrucou o viajante.

— Bom, acreditar eu acredito. Respondeu o velho.

— Só que não é dessa forma não. Acreditar em Deus exige um pouco de esclarecimento, e não pode ser tão misturado conforme relatou o amigo. Acrescentou o velho.

— Mas não é tudo a mesma coisa? Perguntou o viajante.

Meio pensativo, com o olhar calmo, o velho fitou os olhos do viajante e acrescentou:

— O amigo conhece a palavra de Deus?

— Bom! Conhecer eu conheço, eu até tenho uma aberta na sala da minha casa, só que quando eu leio, não entendo nada. Respondeu o viajante.

Calmamente, o velho se levantou de sua cadeira, dirigiu-se até seu quarto e retornou com uma Bíblia na mão, e antes que este se assentasse, o viajante lembra-se pela primeira vez de perguntar quem é a pessoa que o acolheu em sua casa, e daí, solta uma pergunta.

— O Senhor é crente?

De pronto respondeu o velho anfitrião que se o viajante entendesse que crente é aquele que crê, então ele era crente, mas preferia falar que era cristão.

Interrompendo novamente o velho, indaga o viajante:

— Ser cristão e ser crente não é a mesma coisa?

— Não, não é a mesma coisa não, mas isso é assunto para mais tarde, no momento deixe que eu te mostre outra coisa. Respondeu o velho.

Após a interrupção do amigo, ele abriu sua Bíblia em uma das cartas de Paulo e leu para o viajante o trecho: "*o desejo do meu coração* [coração de Paulo] *e a súplica que faço a Deus em favor deles* [romanos], *é que se salvem. Pois eu dou testemunho de que eles têm zelo por Deu, mas um zelo pouco esclarecido*"[14]. Leu também o Evangelho de João, quando Jesus Cristo disse para as autoridades dos judeus que tinham acreditado nele: "*Se vocês guardarem a minha palavra, vocês de fato serão meus discípulos, conhecerão a verdade e a verdade libertará vocês*"[15]. E finalmente acrescentou os versículos 9 em diante do capítulo 2 da Segunda Carta aos Tessalonicenses, em que o apóstolo Paulo adverte que aqueles que não guardarem o amor pela verdade **serão seduzidos** com todo o tipo de sedução, falsas curas, milagres e prodígios, graças ao poder de Satanás.

Nesse momento o viajante sentiu uns arrepios pelo braço; meio amedrontado, puxou a cadeira para mais perto do velho sábio e perguntou novamente:

— Então o senhor acredita mesmo em mandinga? Deixando claro que tinha muito medo dos espíritos das trevas a quem ele chamava de inimigo.

E o velho, cansado pela noite já adiantada, como tinham encompridado bastante a conversa naquele dia, convidou o viajante para continuarem no outro dia, pois, pelo que ele tinha percebido, tinha muito mais ainda a ser esclarecido.

Depois de deitado numa cama de colchão de palha improvisado pelo velho sábio ali mesmo na sala de seu pequeno casebre,

---

[14] Rm. 10,2.
[15] João 8,30.

ficou o viajante a pensar sobre *"o zelo por Deus pouco esclarecido"* e também sobre *"a verdade que liberta"* e a *"sedução do tal de Satanás para quem não conhece a verdade"*. Isso fez com que demorasse a pegar no sono. Quando acordou no dia seguinte, percebeu que o sol já estava bem no alto do céu.

Com a casa vazia, sai o viajante à procura do velho sábio; quando o encontra, vê que o velho está molhado e sentado numa pedra na beira do pequeno riacho de águas cristalinas que margeia o sopé da serra. O velho sábio, perdido em seus pensamentos, não percebe a chegada do amigo, que o fita por alguns minutos, admirando a maneira como contemplava a natureza. Por não se conter, interrompe aquele momento mágico do velho sábio perguntando o que estava ele fazendo sentado quieto naquela pedra e com o olhar perdido.

— Meu olhar não está perdido não, amigo. Respondeu o velho sábio.

— Depois que eu acabei de tomar o meu banho de todas as manhãs, estava aqui admirando o cantar daquele sabiá. Veja você mesmo: ele canta não porque é obrigado a cantar, ele canta porque traz a melodia gravada na garganta.

Continuou o velho sábio:

— Olhe, eu não tive tempo de apresentar ao amigo o meu pequeno refúgio. Isto aqui foi para mim uma grande conquista! Exclamou.

— Aqui é o meu paraíso no mundo. É um lugar que no princípio era muito árido e feio, desertos e mais desertos, pedras, espinheiros e ervas daninhas. Quando cheguei aqui, tinha mais ou menos a sua idade, era inverno, as noites eram muito escuras, não tinha luar, não tinha água, não tinha esta montanha, não tinha pássaros, flores, frutos, era um lugar totalmente sem vida. A única vegetação que tinha eram espinheiros, urtigas e ervas daninhas, tinha feras, animais peçonhentos de muito veneno, só destilavam morte.

— Mas como o amigo velho sobreviveu aqui? Perguntou o viajante.

— Foi muito difícil. Respondeu o velho sábio.

— Houve dias em que quase desisti, pensava que ia morrer, mas uma voz aqui dentro do meu peito falava sempre: **"Coragem,**

levante-se, nunca perca as esperanças". Era como que o próprio Deus quando falava a Israel: "Não tenha medo, meu filho, vou jogar água neste chão seco, você pode conquistar este lugar, vencer estas feras, cobras e escorpiões venenosos e fazer deste lugar frio, árido e sem vida um lugar onde se pode contemplar o belo, um lugar cheio de vida, de poesia, uma terra onde corre leite e mel".

— Foi aqui que eu aprendi muita coisa, amigo. Houve dias que ventava muito e formava uma verdadeira tempestade de areia, e, quanto mais eu lutava contra ela, mais ela me cegava os olhos; então eu aprendi que, em determinadas tempestades, revoluções da "natureza", não adianta lutar contra, temos que nos prostrar no chão e esperar que a tempestade passe. Houve dias que, já prostrado no chão, esperando que a tempestade passasse, olhava para baixo e só via o pó da terra, então me lembrava da minha realidade de barro, sentia-me pequeno, não podia fazer nada, e então só restava uma alternativa: lembrar-me de quem modelou o barro e soprou nas minhas narinas, um espírito de vida, e então falava: "Pai, acalme esta tempestade". E aos poucos o vento ia parando e voltava novamente a calmaria.

— Quando vencia as tempestades, vinham as cobras, os escorpiões e outras feras terríveis, que até pareciam demônios, e aí a luta era terrível, rogava às forças do céu, aos anjos de Deus, repetindo sempre "*Venha, Espírito Criador*, e renove este lugar, tire daqui todas essas impurezas, transforme, lave, limpe, ajude-me, Senhor".

Continuou o velho sábio:

— É aqui o lugar de exorcizarmos todos os nossos demônios, porque, uma vez que destruímos aqueles maus vícios, as paixões desregradas da alma, ambições, vaidades, ignorâncias, nossas máscaras, mentiras e muitas outras maneiras erradas de ser, que a meu entender são nossos demônios interiores, não precisamos temer os exteriores, as cobras peçonhentas, como mencionei, porque já estamos livres das seduções e de suas astúcias de um mundo sem luz e sem vida.

— Depois foram as ervas daninhas, as urtigas, os espinheiros, mas tudo foi se ajeitando, e agora olhe ao seu lado. Uma terra conquistada, terra fértil, terra boa. De repente, quando percebi, já estava germinando uma semente boa aqui, outra ali, um pássaro chegava e depois um pequeno esquilo, a água brotou formando este lindo riacho de águas cristalinas, verdadeira fonte de água viva, a montanha trouxe poesia, e tudo ficou assim, um lindo jardim, um lugar onde se pode morar.

Continuou o velho:

— Deus dá oportunidade ao homem de colher o fruto da árvore que plantou. Se ele plantar árvores que dão frutos amargos ou ácidos, colherá frutos amargos ou ácidos. Se plantar árvores que dão frutos doces, colherá frutos doces. Se plantar uma roseira, colherá uma rosa. Porém, se ele plantar mais do que uma roseira, plantar também muitas árvores, fizer um jardim, ele colherá muito mais do que plantou: partilhará com alguém o olhar e o perfume das rosas, ouvirá o canto dos pássaros, ouvirá o sorriso de crianças, dança de roda, e aí, meu amigo, ele participará da vida, será feliz.

Exclamou o velho sábio:

— Veja, amigo, aquele sabiá que está cantando com sua companheira; estão chocando.

Apontando para o galho de uma paineira e com os olhos cheios de alegria, falou:

— Tem três filhotes. Ano passado, na mesma época, tirou uma ninhada. Eles tratam dos filhotes principalmente com amora.

Quando ainda estava falando, foi interrompido com a chegada de um velho cão Basset inglês, com orelhas grandes arrastando no chão, focinho alongado, as pernas bem curtas, o corpo longo e pintado na cor marrom e branco.

— Este é Saimon - atalhou o velho, agora muito orgulhoso. — É um grande amigo! Foi deixado à porta da casa, assim que terminei de construir, e desde então nunca mais se apartou de mim, aonde vou já vem o Saimon. E quando eu o vejo farejando algo, e nisso ele não fica a dever nada a nenhum outro cão de guarda, fico logo de vigília, pode ser alguma raposa ou algum bicho peçonhento que vem para tirar minha paz, mas, quando acontece, eu espanto para bem longe, e tudo volta ao normal.

— Veja aqui! E foi puxando o viajante pelo braço, mesmo sem saber se ele estava interessado.

— Vou apresentar a você a minha catlleya.

E, para a surpresa do viajante, o velho parou perto do tronco de uma corticeira no sopé da serra, um lugar meio úmido, e completou:

— É uma planta muita rara e nativa neste lugar.

E mostra a ele uma flor de orquídea exclamando:

— É tempo de ela florir, eu acompanhei cada brotinho, mas agora ela já é adulta e me alegra com sua beleza e seu perfume. Valeu a pena esperar.

— Tem determinadas sementes que são de difícil germinação, e, quando nascem, temos que tomar cuidado com cada brotinho, com cada raiz, mas sempre vale a pena perseverar.

Enquanto contemplavam a flor, uma arara-azul grunhe em cima do pé de ingá na beira do riacho, e o velho, olhando para ela, fala para o viajante:

— Ela está querendo chamar minha atenção, está querendo um pedaço de fruta, de vez em quando eu trago para ela. Fui eu que a criei, caiu do ninho quando era filhote. Um dia estava atravessando aquela grota...

Apontou para cima e falou:

— Ali, perto daquele buriti, foi ali que a encontrei gemendo no chão, estava com fome e frio. Levei-a para casa e cuidei dela até poder se cuidar sozinha, até que um dia foi embora com seu bando, mas de vez em quando ela vem me fazer uma visita.

— Ali. Apontou o velho.

— Veja aquele casal de canarinho-da-terra, acabou de chocar; eram dois filhotes bem amarelinhos, chocaram no buraco de um poste daquela cerca. — Apontou para uma divisória do estábulo com o pasto das cabras. — Tem aqui muitas espécies de pássaros.

Continuou o velho, maravilhado de poder testemunhar aquele grande milagre para o amigo.

— Veja que coisa bonita, olhe aqueles lírios do campo, "nem Salomão no tempo de sua glória se vestiu com tanta formosura", veja aquele campo de margaridas amarelas, olhe aquelas bromélias. Agora apontando para o outro lado do riacho.

— Olhe aqueles ipês, tem branco, amarelo, roxo. Há bem pouco tempo, esses dias mesmo, estavam todos sem folhas, mas agora estão todos floridos.

Nesse momento o viajante interrompeu o velho sábio e perguntou:

— Isso tudo que você está me mostrando não te lembra Jesus, quando ele falava sobre os pássaros do céu e dos lírios do campo?

— É! Respondeu o velho.

— Parece que Jesus também tinha um lugar assim.

E, sorrindo, continuou.

— Mas venha aqui, deixe eu te mostrar o resto.

Dali mesmo da beira do riacho, ele mostra para o viajante um pequeno estábulo que ficava entre a casa e o sopé da serra, dizendo:

— Ali dormem as minhas duas cabras com seus filhotes. Hoje mesmo eu já fiz a ordenha, e a esta altura elas devem estar lá em cima, no alto da serra. Qualquer dia eu te levo lá, é um lugar muito bonito; este riacho brota lá em cima. Parece até um milagre: esta água nasce na fenda de uma rocha e vem rolando serra abaixo, até formar o riacho. Mais para o lado da casa, tem um pequeno pomar com algumas árvores frutíferas, uma horta de couve, e mais para baixo um galinheiro com algumas galinhas.

— Ah! Exclamou o velho.

— Tem também galinhas-d'angola, mas estão todas esparramadas. De fracas elas não têm nada, só falam (cantam).

Apontando para o outro lado do riacho, perto de uma pequena plantação de arroz, milho e feijão, ali mesmo na beira do rio, continua o velho sábio:

— Tem uma casinha de monjolo, onde eu limpo o arroz e faço canjica de milho, tem também um moinho, onde faço o fubá.

E, parecendo uma criança, continuou:

— Lá mora um casal de saracura; se bem que agora não é só um casal, ela está com uma ninhada de mais ou menos oito filhotes. Eles ficam lá, catando as canjicas de milho que espirram do monjolo e da pedra do moinho de fubá. Às vezes, no cair da tarde, principalmente quando está querendo chover, elas ficam lá cantando seus três potes.

— Ah! Já estava me esquecendo: tem também uma caixa de abelhas, uma colmeia, de onde eu tiro de vez em quando um pouco de mel.

Dessa vez o viajante nada falava, só ficava escutando e admirando quanto de vida, paz, alegria e amor havia no coração daquele velho, e este por sua vez não parava de testemunhar aquele milagre. "Parece que ele vê coisas que eu não vejo, escuta coisas que não escuto e sente no seu coração coisas que nunca senti", pensava consigo mesmo o viajante, "até parece a terra prometida da Bíblia, um lugar onde corre leite e mel".

— Olhe, amigo, às vezes fico aqui pensando e falando comigo mesmo, Deus acaba me estragando com tanto mimo, às vezes olho para o céu e vejo uma revoada de pássaros, olho para este jardim e vejo esta maravilha. Se fecho os olhos, escuto sorriso de criança, canto da ciranda e fico repetindo comigo mesmo: "Os céus proclamam a glória de Deus, e a natureza, por sua vez, vive dizendo que foi Deus que me fez".

— Vejo a minha flor de orquídea, os lírios do campo, as margaridas amarelas, sinto seus perfumes e falo comigo mesmo: "Foi meu amado que passou por aqui e mil graças ele foi derramando". E aí eu penso que o homem, para ser feliz, não precisa apenas de um jardim florido, ele precisa ter também alguém com quem dividir o olhar. E é por isso que fiz questão de te apresentar este lugar e dividir com você a minha alegria e minha felicidade.

Continuou o velho sábio:

— Quando eu contemplo esta beleza, lembro-me do grande poeta de Deus, João da Cruz, quando descreve a canção da esposa (alma) em busca do amado (Jesus).

"Esposa,

I

Onde é que te escondeste,
Amado, e me deixaste com gemido?
Como servo fugiste,
Havendo-me ferido,
Saí, por ti clamando, e eras já ido.

II

Pastores que subirdes
Além, pelas malhadas, ao outeiro,
Se, porventura, virdes
Aquele a quem mais quero,
Dizei-lhe que adoeço, peno e morro.

III

Buscando meus amores, (S. Trindade)
Irei por estes montes e ribeiras,

Não colherei as flores,
Nem temerei as feras,
E passarei por fortes e fronteiras.

Pergunta às criaturas.

IV

Ó bosques e espessuras;
Plantados pela mão de meu Amado!
Ó prado de verduras,
De flores esmaltado,
Dizei-me se por vós ele há passado?

Respostas das criaturas.

V

Mil graças derramando,
Passou por estes soutos com presteza,
E, enquanto os ia olhando,
Só com sua figura
A todos revestiu de formosura [...]".[16]

---
[16] Cânticos espirituais de João da Cruz.

— Você é poeta? É filósofo? Perguntou o viajante.

Tombando a cabeça e de uma forma exclamativa, respondeu o velho sábio:

— Sou poeta, sou filósofo, sou livre, sou filho de Deus. Como este pequeno sabiá, eu também posso cantar, não porque sou obrigado a cantar, canto porque tenho a melodia gravada no coração.

Lembrando das palavras de um velho amigo, acrescentou o velho sábio:

— É preciso frisar *"que a liberdade como consequência natural do homem bom, não é desregrada, mas supõe a própria ordem no modo de ser, necessita disciplinamento. E a disciplina aliada à bondade do ser e de suas intenções gera a verdadeira liberdade e não apenas o seu conceito abstrato"*[17].

O velho sábio estava se referindo ao cantar e à liberdade, como que um amor pela vida, pelo próximo, pela beleza da natureza; referia-se a uma sabedoria gravada no coração; seus olhos viam coisas que nunca tinham visto; seus ouvidos ouviam coisas que nunca tinham escutado; e seu coração sentia coisas que nunca tinha sentido. Naquele momento o viajante teve certeza: "Ele encontrou aquilo que estou procurando, encontrou consigo mesmo, talvez com Deus, e é por isso que ele se sente tão livre", e, concluindo seu pensamento, acrescenta o viajante: "Ele é realmente um homem sarado em sua alma".

Foi aí que ele se lembrou das palavras proferidas pelo velho sábio, quando este lera alguns trechos das escrituras: *"um zelo por Deus pouco esclarecido"*; *"verdade que liberta"*, "e também a sedução do tal... dá até arrepio só de pensar" (questionou consigo mesmo o viajante).

---

[17] FERREIRA, Dirceu Fernando. *Disciplina e liberdade*: a autonomia do homem em Rousseau. 2004. Dissertação (Mestrado em Educação) – Universidade Federal de Uberlândia, Uberlândia, 2004. p. 3.

UMA DOR NA ALMA

    Depois de terem conversado mais um pouco, ali mesmo na beira do riacho, o viajante, com o rosto triste, parecia que meio engasgado com alguma coisa, olhou para o velho sábio e, sem se conter, deixou sair um profundo suspiro, como quem quer pedir algum socorro, momento também em que algumas lágrimas já escorriam em seu rosto. Não se conteve e chorou.

    O velho sábio nada falou, apenas ficou ali, com um olhar acolhedor, fez apenas um pequeno gesto de carinho na cabeça do viajante e lembrou, consigo mesmo, que ser **solidário** nem sempre é fazer alguma coisa ou resolver o problema de alguém, mas é principalmente ficar ali, ser disponível, saber escutar.

    Passados alguns instantes, após o viajante se recompor, ou melhor, acalmar o coração, pediu que o velho sábio o ajudasse a compreender ou achar sentido para sua vida, a compreender sobre *um zelo mais esclarecido por Deus*, pois não aguentava mais tantas angústias, indiferenças, tristezas e depressões, sua vida estava como que em uma escuridão, e nenhuma luz apontava em sua estrada.

    O velho, ainda meio pensativo, questionava consigo mesmo se realmente poderia interferir naquilo que o viajante acreditava, pois tinha como princípio que, se a pessoa é feliz com aquilo que acredita, ninguém tem o direito de interferir, cada um tem uma forma de pensar e deve ser respeitada, momento em que foi interrompido novamente pelo viajante, num apelo desesperado, que lhe pediu:

— Mostra-me esse Deus que você conhece!

    Já havia nesse momento muita afinidade entre os dois, e com um gesto afirmativo, o velho sábio passou a mão em volta dos ombros do viajante, num gesto de carinho, e respondeu:

— Não se preocupe não, amigo, é na maior escuridão que a luz tem maior brilho, nenhuma noite tem a última palavra, ela sempre dá lugar a um novo amanhecer.

E, num diálogo entre amigos, caminharam até a varanda à porta do casebre, onde continuaram o assunto que havia sido interrompido na noite anterior.

— Você já sentiu muita solidão? Um vazio interior e aridez existencial? Um buraco na alma que parece não ter fim? Já se sentiu rejeitado pelas pessoas? Perguntou o viajante ao velho sábio.

Respondeu o velho sábio:

— Antes de chegar aqui, amigo, eu também já passei por muitos dissabores na vida. Quando a gente chega a um lugar como este, a gente fala sobre aquilo de que o coração está cheio. Mas não se preocupe não, tudo isso um dia vai passar, e quando isso acontecer você vai perceber que tudo não passou de um longo e doloroso aprendizado. A vida é uma escola exigente, e temos sempre que prestar atenção nela; caso contrário, vamos ser reprovados.

— Tudo é vento que passa, tudo aqui é vaidade, e, como disse o velho Heráclito, ninguém toma banho na mesma água do rio, tudo passa, a vida é uma contínua transformação.

— Hoje o que é importante e de muito valor perde o seu brilho no dia seguinte. Olhe para a natureza: amanhece o dia bonito, todo ensolarado e cheio de alegria, canto de pássaros, barulho de criança, dança de roda, depois vai entardecer, o sol perde o seu brilho e dá lugar à noite, que, por sua vez, não vai ter a última palavra; também dará lugar a um novo amanhecer. Olhe as estações do ano, são quatro, e cada uma com suas características diferentes, ora flores, ora chuva, ora o frio, ora frutos, e assim a vida continua o seu ciclo. Olhe, por exemplo, a primavera: é ali no mais tenso inverno que são preparadas as mais lindas flores; o ipê só floresce depois que cai a última folha do inverno.

— Olhe as marcas nas estradas, amigo, muitos já passaram por aqui, deixaram suas marcas para que aqueles que vierem depois possam encontrar também o caminho. Olhe as marcas nas estradas, olhe as marcas nas estradas.

Ficou repetindo isso várias vezes, como que estivesse pensando em alguém que pudesse um dia querer também o mesmo caminho:

— Olhe as marcas nas estradas.

— Não culpe seus amigos; eles apenas não conseguiram entender sua dor existencial, pois ela é somente sua, a sua verdade também é somente sua. Acrescentou o velho sábio que em nossos grandes e difíceis momentos, a prova é individual, não há participação dos amigos.

— A desnudez e a transparência de uma pessoa são como espelho que reflete a imagem de quem olha, e nesse momento de dor você acaba que ficando meio transparente; quando as pessoas olham para uma pessoa que tem coragem de mostrar a sua verdade, sua dor, mostra-se também a miséria de quem olha, e isso incomoda, e essas pessoas verdadeiras e transparentes são tidas como loucas e excluídas da sociedade. Até bem pouco tempo atrás, as pessoas com deficiência, com problemas mentais e qualquer outro tipo de "loucura" eram escondidas em manicômios, em algum quarto da casa ou no porão, e suas presenças nunca eram permitidas nas salas de visitas ou no meio da sociedade.

Disse o velho sábio:

— Meditando sobre o ser humano, suas carências, misérias e exclusões, eu concluí o seguinte: o dia em que você se deparar com o mais vil e desprezível ser humano e sentir por ele um pouquinho de compaixão, é porque você já conseguiu se livrar de grande parte de suas misérias. Isso porque a miséria do outro deixou de o incomodar, deixou de refletir a sua própria miséria.

Acrescentou:

— Para "*protegerem a própria imagem, a família*", excluíam ou abandonavam as pessoas que mais necessitam de apoio, eram elas um pai, um filho, um amigo, um esposo, uma parente..., ora internavam em manicômios, ora mandavam para longe, ora escondiam em um quarto, ora no porão, mas nos seus convívios, jamais. Enfim, não se comprometiam... "*Livrar-se disso*" era a ordem.

Continuou o velho:

— **Erasmo de Roterdã**, um dos mais influentes pensadores da Renascença[18], lá pelos idos anos de 1470, na Holanda, levado pela paixão ao conhecimento, escreve um livro sobre o *Elogio da loucura*,

---

[18] Renascença: movimento filosófico do fim da Idade Média que tem como característica principal o antropocentrismo, o homem como o centro do mundo, ao contrário do pensamento escolástico, que era teocêntrico, tinha em Deus o centro de todas as coisas.

no qual ele celebra as glórias da loucura e do seu séquito. O elogio, em tom jocoso, termina recordando o provérbio segundo o qual "muitas vezes também o louco fala judiciosamente". Reconhece que o homem não pode seguir a via do bem nem progredir nela sem a graça de Deus, mas atribui ao homem a procura da graça e o esforço para permanecer nela. Para a defesa da liberdade, conduzida por Erasmo, "confluem, de um lado, o ensinamento do Evangelho dos Padres e da própria Escolástica e, do outro, uma das instâncias mais típicas e mais altas do humanismo"[19].

Continuou o velho:

— **Michel Foucault** também, não se conformando com a forma como eram tratadas as pessoas, escreve sobre a *História da loucura*. Esclarece-nos também como eram tratadas as pessoas "tidas como loucas" na sua época, e, sem dúvida, eram todas abandonadas, como provavelmente seus amigos fizeram com você.

Então, disse o velho sábio:

— Poderia citar vários outros autores que tratam sobre o mesmo assunto, mas prefiro citar um que é de suma importância. Você, que entrou nesta estrada, deve conhecer e prestar bastante atenção nisto:

> Eis que eu envio vocês como ovelhas no meio de lobos. Portanto, sejam prudentes como as serpentes e simples como as pombas. Tenham cuidado com os homens, porque eles entregarão vocês aos tribunais e açoitarão vocês nas sinagogas deles. Vocês vão ser levados diante de governadores, por minha causa, pelo meu nome, a fim de serem testemunhas para eles e para as nações. Quando entregarem vocês, não fiquem preocupado como ou com aquilo que vocês vão falar, porque nessa hora, será sugerido a vocês o que vocês devem dizer...O irmão entregará à morte o próprio irmão; o pai entregará o filho; os filhos se levantarão contra seus pais, e os matarão. Vocês serão odiados de todos, por causa do meu nome. Mas, aquele que perseverar até o fim, esse será salvo. Quando perseguirem vocês numa cidade, fujam para outra.[20]

---

[19] MONDIN, Battista. *Curso de filosofia*. 8. ed. São Paulo: Paulus, 1982. v. 2, p. 17.
[20] Mt. 10,16-23.

Continuou o velho sábio:

— Muitas vezes somos também excluídos por inveja, por pessoas que querem, por questões de promoção social, tomar o nosso lugar. Veja, por exemplo, o crime de Caim, que matou o irmão Abel porque a oferta deste era melhor; o crime dos irmãos de José, que o venderam como escravo para o Egito por ciúmes de seu pai, Jacó, e muitos outros que poderíamos mencionar, mas no momento é o suficiente. "**Con**-viver" é "viver-**com**" pessoas, que, assim como nós, são também cheias de defeitos e misérias, o único problema é que às vezes elas não reconhecem isso.

Acrescentou o velho sábio:

— Este caminho que o amigo percorre é um caminho muito perigo e cheio de armadilhas, parece que muitos foram destruídos em suas mais belas expectativas, ficaram esperando que alguém ou algo viesse para colocar as coisas no lugar, mas isso não aconteceu; o que foi destruído permaneceu destruído. Mexeram muito com as razões mais íntimas. Muitos se colocaram nas mãos de falsos amigos, falsos mestres, seja de Psicologia, de espiritualidade, de falsas pretensões sociais. Manipularam o mundo interior das pessoas, jogaram com seus sonhos, brincaram com seus sentimentos e depois as abandonaram. Faltou-lhes zelo, responsabilidade, mas sobretudo ternura. Foram submetidos ao tribunal dos amigos de Jó. No fundo, falta-lhes preparo para lidar com o sagrado que é cada um de nós. Deixam as pessoas aos pedaços. Não sabem como recompor as partes, nem mesmo sugerir um mosaico com o que fizeram. Então pegam os pedaços, colocam-nos entre as mãos, depois os jogam no tabuleiro da vida, e como caírem vão ficar.

— A humanidade passa a ser cobaia dos irresponsáveis aventureiros das almas. E estes, ainda assim, merecem seu perdão. Muitos agiram por fraqueza, por ignorância e até mesmo por maldade e egoístas questões pessoais. Contudo, não se pode julgar alguém em seu estado de maior debilidade, pois é sempre fácil o outro lado amar alguém quando está em evidência, quando está em luz; além de fácil, é conveniente; porém amar alguém na miséria, no abandono, em suas fraquezas, em seus muitos erros e especialmente no erro que não aceitamos é verdadeiramente difícil. Aquele que frustra a expectativa quando a fala diz: "Você não podia fazer isto comigo". É muito difícil entender que nossos algozes foram pessoas do nosso próprio povo, foram nossos melhores amigos.

Continuou o velho:

— Mas, mesmo assim, é necessário achar forças para amar, e isso, posso dizer com toda convicção, é dom de Deus.

Então, retrucou o viajante:

— É muito bonito isso que o amigo velho falou, mas não sei se consigo fazer isso não; tem gente que parece até ser coisa lá "daquele lugar", gente que tem pacto com tal...

E, coçando o braço num sinal de que estava até meio arrepiado, perguntou ao velho sábio:

— Você já conseguiu passar por cima das maldades que te fizeram pelo caminho?Respondeu o velho sábio:

— Amar aqui significa encostar o coração no coração de Deus e realizar uma profunda transfusão espiritual... Superar essas dimensões de cobranças é escada para o céu; aqui estão as melhores chances para o crescimento espiritual, só em Deus somos capazes de avançar nessa matéria, só nele podemos extrair da pobreza humana o bem chamado perdão... E, quando pensamos assim, a miséria transforma-se em matéria para a luz, porque a imperfeição do outro pode ser a chance da nossa perfeição. Comece a andar não só com base naquilo que sente, mas naquilo que pode sentir.

Acrescentou o velho sábio:

— Aqui o amigo precisa tomar muito cuidado para não universalizar as pessoas ou os "amigos" que te rejeitaram ou traíram, como mencionou, caso contrário você vai cair no isolamento, e aí as coisas podem ficar pior, e, isolando-se das pessoas ou achando que todo mundo vai ter o mesmo comportamento com você, vai correr o risco de não acreditar mais em ninguém e viver uma existência totalmente vazia e solitária. Nesse caso, o amigo precisa dar nomes, verificar atitudes e comportamentos e deixar muito claro para você mesmo quem foram as pessoas que tiveram essas atitudes. E, como eu já disse, encostar o seu coração no coração de Deus e pedir a Ele que realize uma grande e profunda transfusão espiritual e que lhe dê o dom do perdão.

— Mas como vou conseguir ser assim? Perguntou o viajante.

— Às vezes eu sei o que devo fazer, só que existe uma diferença muito grande em saber... por exemplo, que tenho que perdoar... e conseguir dar o meu perdão.

Continuou o velho sábio:

— Mas deixe eu te falar um segredo. Na qualidade de cristão, sabe como devemos agir com essas pessoas que nos maldizem, que nos excluem e nos negam?

Depois de pensar um pouco, o viajante sacudiu a cabeça negativamente e disse que já havia tentado, de todas as formas, mudar e até esclarecer aquela situação, mas nada adiantou.

Então, retrucou o velho:

— Pois bem! Eu tenho o segredo. Ponha seu joelho no chão e ore pela sabedoria deles, peça a Deus que lhes dê o dom da sabedoria. Você não acredita nas promessas de Deus, de que tudo que você pedir em oração e em nome de Jesus, se crê, você já recebeu? Pois bem, se você realmente acreditar, peça a Deus que seus "amigos" se tornem sábios, e isso já é libertação, e acredite que já recebeu e aguarde o tempo de Deus. Peça também para você o mesmo dom, pois, se isso ainda te incomoda, é porque você também está precisando de desapego, renunciar suas idolatrias, sua mágoa. Para levar uma vida de liberdade dos filhos de Deus, é preciso muito desapego.

Fez-se um momento de silêncio. Levantou o velho de sua cadeira, foi até o quarto e quando voltou trazia um texto na mão, e de pronto começou a leitura para o amigo viajante:

Um dia você aprende...

Depois de algum tempo você aprende a diferença, a sutil diferença entre dar a mão e acorrentar uma alma. E você aprende que amar não significa apoiar-se, e que companhia nem sempre significa segurança ou proximidade. E começa aprender que beijos não são contratos, tampouco promessas de amor eterno. Começa a aceitar suas derrotas com a cabeça erguida e olhos radiantes, com a graça de um adulto – e não com a tristeza de uma criança. E aprende a construir todas as suas estradas no hoje, pois o terreno do amanhã é incerto demais para os planos, ao passo que o futuro tem o costume de cair em meio ao vão. Depois de um tempo você aprende que o sol pode queimar se ficarmos expostos a ele durante muito tempo. E aprende que não importa o quanto você se importe: algumas pessoas simplesmente não se importam... E aceita que não importa o quão boa seja uma pessoa, ela vai feri-lo de vez em quando e, por isto, você precisa estar sempre disposto a perdoá-la. Aprende que falar pode aliviar dores emocionais. Descobre que se leva um certo tempo para construir confiança e apenas alguns segundos para destruí-la; e que você, em um instante, pode fazer coisas das quais se arrependerá para o resto da vida. Aprende que verdadeiras amizades continuam a crescer mesmo a longas distâncias, e que, de fato, os bons e verdadeiros amigos foram a nossa própria família que nos permitiu conhecer. Aprende que não temos que mudar de amigos: se compreendermos que os amigos mudam (assim como você), perceberá que seu melhor amigo e você podem fazer qualquer coisa, ou até coisa alguma, tendo, assim mesmo, bons momentos juntos.

Descobre que as pessoas com quem você mais se importa na vida são tomadas de você muito cedo, ou muito depressa. Por isso, sempre devemos deixar as pessoas que verdadeiramente amamos com palavras brandas, amorosas, pois cada instante que passa carrega a possibilidade de ser a última vez que as veremos; aprende que as circunstâncias e os ambientes possuem influência sobre nós, mas somente nós somos responsáveis por nós mesmos; começa a compreender que não se deve comparar-se com os outros, mas com o melhor que se pode ser. Descobre que se leva muito tempo para se tornar a pessoa que se deseja tornar, e que o tempo é curto. Aprende que não importa até o ponto onde já chegamos, mas para onde estamos, de fato, indo – mas, se você não sabe para onde está indo, qualquer lugar servirá. Aprende que: ou você controla seus atos e temperamento, ou acabará escravo de si mesmo, pois eles acabarão por controlá-lo; e que ser flexível não significa ser fraco ou não ter personalidade, pois não importa o quão delicada ou frágil seja uma situação, sempre existem dois lados a serem considerados, ou analisados. Aprende que heróis são pessoas que foram suficientemente corajosas para fazer o que era necessário fazer, enfrentando as conseqüências de seus atos. Aprende que paciência requer muita persistência

> e prática. Descobre que, algumas vezes, a pessoa que você espera que o chute quando você cai, poderá ser uma das poucas que o ajudará a levantar-se. [...] Aprende que não importa em quantos pedaços o seu coração foi partido: simplesmente o mundo não irá parar para que você possa consertá-lo. Aprende que o tempo não é algo que possa voltar atrás. Portanto, plante você mesmo seu jardim e decore sua alma – ao invés de esperar eternamente que alguém lhe traga flores. E você aprende que, realmente, tudo pode suportar; que realmente é forte e que pode ir muito mais longe – mesmo após ter pensado não ser capaz. E que realmente a vida tem seu valor, e, você, o seu próprio e inquestionável valor perante a vida. (Willian Shakespeare).

— Foi muito bom ouvir tudo isso. Disse o viajante.

— Essas palavras do amigo velho curaram meu coração.

O velho continuou:

— Saber conviver é uma arte, e às vezes precisamos conhecer um pouco o comportamento do ser humano enquanto companheiros de caminhada, proteger-nos, e às vezes nos afastar quando não tivermos santidade o suficiente para ficar perto. Existe um sociólogo, filósofo e, parece-me, também pedagogo francês chamado Edgar Morin, que disse que a humanidade é detentora hoje de uma gama muito grande de conhecimento, mas que esses conhecimentos estão fragmentados, ou seja, cada pessoa é especialista em apenas uma parte da vida, da ciência e da história; e o que nós precisamos hoje é ter uma visão maior, mais desfragmentada daquilo que serve para ajudar a humanidade, uma religação dos saberes, um conhecimento mais profundo das coisas, sair da superficialidade, por exemplo, ter um conhecimento mais profundo de nós mesmos, do outro, do mundo e principalmente um conhecimento mais profundo daquilo que acreditamos, e daí por diante: ele chama isso de desafios da complexidade.

Acrescentou o velho sábio:

— Existe ainda outro autor, Augusto Jorge Cury, autor de vários livros sobre a mente humana, suas emoções, suas prisões, autor da série *Análise da inteligência de Cristo* e também sobre a *Inteligência multifocal*, que diz o seguinte:

> [...] quem sai do discurso intelectual superficial e procura 'velejar' para dentro de si mesmo, e vive a aventura ímpar de explorar sua própria mente, nunca mais será o mesmo, ainda que fique perturbado num emaranhado de dúvidas sobre o seu próprio ser. Aliás, ao contrário do que dizem os livros de auto-ajuda, a dúvida é o primeiro degrau da sabedoria" e que "o homem moderno tem vivenciado, com freqüência, uma importante síndrome psicossocial doentia, a qual chamo de 'síndrome da exteriorização', que é expressa pelo contraste entre o excesso de informação sobre o mundo extra psíquico em relação ao mundo intrapsíquico, grave crise de interiorização, reduzida a capacidade de reciclar e se organizar, baixa eficiência em se tornar agente modificador da sua história, em trabalhar as angústias existenciais, redução do desenvolvimento do humanismo e da cidadania, grandes dificuldades de se colocar no lugar do 'outro' e perceber suas dores e necessidades psicossociais e de se doar socialmente sem a contrapartida do retorno.[21]

---

[21] CURY, Augusto Jorge. *Inteligência multifocal*. 2. ed. São Paulo: Cultrix, 1998. p. 17-19.

UM HOMEM RICO

Meio que de boca aberta com toda aquela sabedoria, indagou o viajante ao velho sábio:

— O que amigo velho faz aqui neste lugar, com todo esse conhecimento?

Respondeu o velho sábio:

— Foi aqui que esse conhecimento me conduziu ao lugar por onde passam os andarilhos da existência, muitos deles fazem parada por aqui... São em pequenos e pobres vasos de barro que é levado o maior remédio para a humanidade.

— Apesar de pobre e solitário este lugar, tenho descoberto, com minhas experiências e com as experiências dos viajantes que por aqui passam, que é assim que se encontra a felicidade, tenho descoberto que rico não é aquele que tem muito, mas é principalmente aquele que precisa de pouco. Hoje, por exemplo, sinto-me o mais rico dos homens, rico de amigos, pois posso compartilhar com você a minha alegria, o meu pequeno teto, o canto do pássaro, a beleza da flor e até o barulho das águas cristalinas do riacho.

O velho, nesse momento, levanta-se de sua cadeira, vai até o quarto e traz consigo o violão. Começa então a dedilhar uma linda canção:

Ando devagar / porque já tive pressa;
Levo esse sorriso / porque já chorei demais.
Hoje me sinto mais forte / mais feliz quem sabe...
Só levo a certeza de que muito pouco sei / eu nada sei.

Conhecer as manhas e as manhãs,
O sabor das massas e das maçãs,
É preciso amor pra poder pulsar,

É preciso paz para poder sorrir,
É preciso a chuva para colher,

Penso que cumprir a vida seja simplesmente
Compreender a marcha e ir tocando em frente,
Como um velho boiadeiro levando a boiada
Vou tocando os dias pela longa estrada eu vou...
Estrada eu sou...

Conhecer as manhas e as manhãs,
O sabor das massas e das maçãs,

É preciso amor pra poder pulsar,
É preciso paz para poder sorrir,
É preciso a chuva para colher,

Todo mundo ama um dia / todo mundo chora,
Um dia a gente chega / e outro vai embora,
Cada um de nós / compõe a sua história,
Cada ser em si carrega / o dom de ser capaz... / de ser feliz,

Conhecer as manhas e as manhãs,
O sabor das massas e das maçãs,
É preciso amor pra poder pulsar,
É preciso paz para poder sorrir,
É preciso chuva para colher,

Ando de vagar / porque já tive pressa,
Cada uma de nós compõe a sua história,
Cada ser em si carrega / o do de ser capaz... / de ser feliz...[22]

Depois de ter escutado do velho essa linda canção e de alguns instantes em silêncio, e ainda sentado em uma das cadeiras de balanço na varanda do pequeno casebre, de cabeça baixa, olhar meio que perdido, depois de ter escutado todo esse preâmbulo de conversa, entendeu o viajante que o velho sábio podia sim o ajudar na dura viagem de sua existência, na difícil travessia, e assim, meio como criança querendo alguma resposta ou saber por onde começar, olhou para o seu companheiro e pela primeira vez tentou imaginar quantas

---

[22] "Tocando em frente", música de composição do cantor Almir Sater e Renato Teixeira.

perdas e contradições ele havia vivido, quantas estradas percorridas. Então arriscou um pequeno comentário:

— O amigo velho, para chegar até aqui, teve que viajar muito, não foi?

O velho, consentindo apenas com um balanço na cabeça, com um sorriso no olhar, resolveu contar ao viajante a sua longa jornada.

O HOMEM E SUAS DIMENSÕES

— Vamos começar no significado de **"ser"** homem. Disse o velho sábio.

Acrescentou:

— Para se saber quem sou eu, preciso saber primeiramente: quem é o homem? O que significa a palavra "homem"? Você sabe o significado de ser homem? Indagou o velho ao viajante.

E, como este guardou certo silêncio, como que esperando a resposta, pôs-se então o velho sábio mesmo a dar a resposta.

— Essa palavra vem do grego *húmus*, que quer dizer TERRA BOA.

E, como que em tom de brincadeira, acrescentou o velho:

— Para ser homem não basta apenas ser macho, é preciso muito mais.

O viajante então perguntou:

— Então eu sou realmente feito da terra? Do barro, como diz as escrituras, quando diz que *"Javé Deus modelou o homem com a argila do solo, soprou-lhe nas narinas um sopro de vida, e o homem tornou-se um ser vivente"*?[23]

Consentiu o velho sábio:

— Olhe, essa passagem bíblica, no meu entender, foi a forma como o autor bíblico, por meio da revelação divina, explicou como iniciou a criação, ou seja, que do nada, do caos, de abismos e trevas, o criador, com sua força criadora — "criator spiritus" — cria o homem, e ainda por cima *"à sua imagem e semelhança"*, o que, na minha concepção, deve ser entendido de maneira metafísica, num sentido filosófico, e de maneira espiritual, num sentido teológico, o que não

---
[23] Gn. 1,7.

quer dizer que a teoria do evolucionismo de Darwin estaria errada. Acredito que falar que o homem é feito da terra não significa nada mais que ele é um ser frágil, sensível, e que, com a ausência do sopro divino, que é imagem ou essência de Deus, sopro de vida, e ainda o próprio Deus se doando na criatura, ele não seria nada.

— Se do caos, da escuridão e do nada ele faz toda a criação, então ele pode novamente fazer do caos e das trevas a luz? Perguntou o viajante, agora se referindo à sua própria vida.

Com um aceno afirmativo, respondeu o velho sábio:

— É exatamente isso que vamos falar. Para Deus, tudo é possível, e aquilo que já é caos e sem solução para os homens Deus pode transformar novamente em sua imagem e semelhança. Referindo-se ao que o viajante espera que Deus faça por ele.

— Entendi. Disse o viajante.

— Mas, se, na verdade, a minha existência, espiritualmente falando, é feita de barro; e se eu sou feito de barro, eu também tenho uma realidade de barro, o que significa então que eu não tenho que ter atitudes de anjo?

Ponderou o velho sábio:

— Vamos começar de novo. Vamos por etapas. Como você se vê dentro da existência humana? Como você concebe o mundo em que você vive?

— Bom, agora posso começar a juntar alguns detalhes que há no meu coração e entender melhor a mim mesmo. Vamos ver se é isso mesmo. Respondeu o viajante.

— Vamos pegar o homem "húmus" (terra boa). Eu percebo que, se sou uma terra boa, eu recebo influências ou sementes a serem cultivadas desde a minha mais longínqua formação, desde a minha concepção, exatamente no momento em que começou a minha história de vida.

— É isso mesmo! Exclamou o velho sábio.

— Você, como terra boa ("húmus"), além das heranças — sementes — que recebeu de seus pais, avós, bisavós, ou seja, de sua origem, você também começa a se formar como ser humano, com outras novas informações — sementes — desde o momento que começou a sua gestação. E você acredita que é algo mais além do seu corpo ou da matéria?

— Acredito. Respondeu o viajante.

— E o que além da matéria é você? Perguntou o velho sábio.

— Bom, eu acredito que eu sou também emoção, razão, afetividade, tenho alegrias, tristezas e muitas outras coisas mais.

— E o sopro divino que Javé-Deus soprou nas suas narinas, o que você acredita que é? Perguntou o velho sábio.

— Éh!... Isso daí deve ser aquilo que os teólogos chamam de alma. Respondeu o viajante.

— É isso mesmo, você tem razão. Exclamou o velho sábio.

— Nós, seres humanos, somos tridimensionais, ou seja, nós somos o nosso biológico, nosso psicológico e nosso espiritual. Alguns falam do dualismo entre o corpo e a alma, mas eu prefiro falar que a alma é o nosso psicológico e o nosso espiritual juntos, ou seja, o espiritual está no mais profundo de nossa alma, além de nós mesmos, além do ponto a que podemos chegar, lá só aonde o que é espiritual chega. A parte mais superficial da alma são as emoções, o intelectual, a razão etc., são as sementes que vão caindo na terra boa, no "húmus", compreende? Mas o espírito, a parte mais profunda da alma, é o sopro divino, é vida, é Deus mesmo se doando à criação.

Nesse momento, o velho levantou-se de sua cadeira e dirigiu-se até seu quarto. Quando voltou, estava novamente com a Bíblia em suas mãos.

— Aqui está o segredo. Ponderou ele, e, abrindo na Carta aos Hebreus, leu ao viajante, dizendo novamente "Aqui está o segredo", repetindo várias vezes "Aqui está o segredo":

> A palavra de Deus é viva, eficaz e mais penetrante do que qualquer espada de dois gumes; ela penetra até o ponto onde a alma e o espírito se encontram, e até onde as juntas e medulas se tocam; ela sonda os sentimentos e pensamentos mais íntimos. Não existe criatura que possa esconder-se de Deus; tudo fica nu e descoberto aos olhos dele; e a ele devemos prestar conta.[24]

---

[24] Hb. 4,12.

— E, quando nós vamos nos aprofundando na espiritualidade da palavra de Deus, ou quando o verbo divino ou o próprio filho de Deus, que é esta mesma palavra, vai se encarnando em nós, Ele mesmo vai separando aquilo que é humano, que assimilamos na superfície do nosso ser, aquilo que deixamos germinar quando as sementes ruins caíam, vai abrindo espaço, rasga o véu do santuário, que separa o santo lugar do santo dos santos — alma e espírito — para nos refazer no ponto mais sublime da nossa existência, nossa parte divina, refazer nossa essência hoje decaída... Mas deixe isso para mais tarde, é ainda muito cedo para tocarmos nesse ponto.

— Então nós somos biológicos, psicológicos e espirituais, somos tridimensionais? Perguntou o viajante.

— Existem várias teorias, mas, para mim, essa explicação me satisfaz, dentro da minha estrutura de pensamento, ela satisfaz o que acredito de mim mesmo, do mundo e também o que concebo ser Deus e o que Ele pode fazer por mim. Disse o velho sábio.

— Explique-me melhor: o que tem essas dimensões a ver com Deus? Perguntou o viajante.

Tentando explicar de uma maneira mais simples, o velho sábio colocou o assunto da seguinte maneira:

— Olhe, no início parece meio complicado, mas, depois que você pegar o fio da meada, você vai entender com muita facilidade. Eu acredito que o meu Eu (ser) + o conhecimento (aqui entra também a graça e a sabedoria de Deus) é = ao meu comportamento, ou seja, o meu comportamento como ser humano, moral ou não, ético ou não, vai depender daquilo que sou e daquilo que conheço, mais o que acredito em termos espirituais, que é a minha estrutura de pensamento, como mencionei anteriormente.

— E o que o meu comportamento, o meu conhecimento e o meu ser têm a ver com Jesus Cristo? Perguntou o viajante.

— Vou te devolver a pergunta de outra forma. Retrucou o velho sábio.

— O que Jesus Cristo tentou fazer com os homens? O que Ele tentou mostrar para a humanidade? Você acredita mesmo que Ele era um revolucionário e foi por isso que a Igreja de plantão da época, "santo sinédrio", aproveitando a omissão de Pilatos, resolveu crucificá-lo? Você nunca parou para pensar que ele queria transformar a humanidade? Queria transformar o homem em pessoas melhores, solidárias, fraternas e misericordiosas com aqueles que sofrem?

— Por que você acha que, apesar de tanto conhecimento intelectual, tanta ciência, tanta razão, tantos bens materiais, os homens continuam se matando em nome de Deus? Tantos genocídios na história da humanidade, tantas crueldades, tantas indiferenças, tantas exclusões, divisões religiosas, preconceitos, traições, tanta falta de perdão, tanta incompreensão? Você mesmo, como você se comporta diante do seu próximo? Diante deste mundo globalizado e capitalista? O que você pensa de você mesmo? Seu comportamento para conseguir um cargo importante e até seus bens? Você já olhou para trás? Às vezes tem ficado muita gente precisando de você. E seu comportamento moral, o que é ético e moral para você? Diante de tanto sofrimento na humanidade, você acha justo as grandes potências mundiais dizimarem tantas pessoas em guerras, em nome do "Bem", insuflando violências, ignorâncias e até mesmo terrorismos (mas no fundo nós sabemos que é só por causa do poder, do petróleo, do controle do mundo global, pela tão esperada "nova ordem mundial")?

Continuou o velho:

— O que você tem feito para mudar isso? Cristo não teve medo, deu sua vida por causa da humanidade. E, apesar disso, muitos ainda não acreditaram e não acreditam n'Ele.

— É! Agora você deu um nó na minha cabeça, acho que nunca tinha parado para pensar nessas coisas. Resmungou o viajante.

Agora com um tom enérgico, mas sem perder a serenidade, o velho sábio falou que esse é o maior mal da humanidade: ela nunca pensa. Aceitam tudo como se fosse normal, como "terra boa", deixam cair qualquer semente, e estas, por sua vez, vão dar qualquer fruto e, consequentemente, novas sementes, e assim a história nunca muda, continua em círculo — tese, antítese e síntese; tese, antítese e síntese....—. E continuou, agora quase que viajando consigo mesmo, como se estivesse se lembrando de alguma teoria filosófica.

— Você me confundiu tudo. Vamos começar de novo? Pediu o pobre do viajante.

— Onde você quer recomeçar? Perguntou o velho sábio.

— Eu quero recomeçar entendendo esse processo no mais básico do meu existir. Respondeu o viajante.

Continuou:

— Um dia estava lendo sobre Nietzsche e ele falava que o homem é uma corda estendida entre o animal e o super-homem. O que ele quis dizer com isso?

— Bom! Retrucou o velho.

— Em primeiro lugar, devemos ter muito cuidado quando lemos um pensador sem contextualizar seu momento histórico e de maneira isolada dos demais, mas vou tentar explicar o que ele queria dizer, levando em consideração o seu tempo histórico, sua cultura e o pensamento que predominava na época.

Disse então o velho sábio:

– **Friedrich Wilhelm Nietzsche** nasceu no vilarejo de Rocken, na Prússia, no dia 15 de outubro de 1844, exatamente no momento em que iniciava e predominava o pensamento em que o homem era o centro de todas as coisas, o antropocentrismo, a Idade da Luz, quando tudo era explicado pela ciência e pela razão, em detrimento do teocentrismo, no qual Deus era o centro do pensamento humano, pensamento este que predominava na Idade Média. Apesar de ser o homem o centro, era vazio, infeliz, e, segundo seu anunciador, Zaratustra, "O homem é algo que deve ser superado. O além-do-homem é o sentido da terra"[25] – e, após abrir o livro, o velho leu:

> 'Zaratustra[26], o anunciador, chega a uma cidade e diante de um espetáculo circense, vendo um palhaço pendurado ou atravessando de um lado para o outro em uma corda bamba, anuncia: "**Eis o homem, ele é uma corda estendida entre o animal e o Super-homem: uma corda sobre um abismo; perigosa travessia, perigoso caminhar; perigoso olhar para trás, perigoso tremer e parar**".
> E Zaratustra falou assim ao povo: "Eu vos anuncio o Super-homem". O homem é superável. Que fizestes para superar?

---

[25] MARTON, Scarlett. *Nietzsche*: a transvaloração dos valores. São Paulo: Moderna, 1993. p. 68-69.
[26] Zaratustra é o personagem criado por Nietzsche, é o arauto do eterno retorno, é o anunciador do "além-do-homem", é "aquele que sempre afirma".

O que é de grande valor no homem é ele ser uma ponte e não um fim; o que se pode amar no homem é ele ser uma passagem e um acabamento.

Eu só amo aqueles que sabem viver como que se extinguindo, porque são esses os que atravessam de um para outro lado.

Amo aqueles de grande desprezo, porque são os grandes adoradores, as setas do desejo ansiosas pela outra margem.

Amo os que não procuram por detrás das estrelas uma razão para sucumbir e oferecer-se em sacrifício, mas se sacrificam pela terra, para que a terra pertença um dia ao Super-homem.

Amo o que vive para conhecer, e que quer conhecer, para que um dia viva o Super-homem, por que assim quer ele sucumbir.

Amo o que trabalha e inventa, a fim de exigir uma morada ao Super-homem e preparar para ele a terra, os animais e plantas, porque assim quer o seu fim.

Amo o que ama a sua virtude, porque a virtude é vontade de extinção e uma seta do desejo.

Amo o que não reserva para si uma gota do seu espírito, mas que quer ser inteiramente o espírito da sua virtude, porque assim atravessa a ponte como espírito.

Amo o que faz da sua virtude a sua tendência e o seu destino, pois assim, por sua virtude, quererá viver ainda e não viver mais.

Amo o que prodigaliza a sua alma, o que não quer receber agradecimentos nem restitui, porque dá sempre e não quer se poupar.

Amo o que se envergonha de ver cair o dado a seu favor e, por essa razão, se pergunta: "Serei um jogador fraudulento?", porque quer ir ao fundo.

Amo o que justifica os vindouros e redime os passados, porque quer que o combatam os presentes. Amo aquele cuja alma é profunda, mesmo na dor, pois a cólera do seu Deus o confundirá.

Amo aquele cuja alma é profunda, mesmo na ferida, e ao que pode aniquilar um leve acidente, porque assim de bom grado passará na ponte.

Amo aquele cuja alma transborda, a ponto de se esquecer de si mesmo e quanto esteja nele, porque assim todas as coisas se farão para sua ruína.

> Amo o que tem o espírito e o coração livres, porque assim a sua cabeça apenas serve de entranhas ao seu coração, mas o seu coração o leva a sucumbir.
> Amo todos os que são como gotas pesadas que caem uma a uma da nuvem escura suspensa sobre os homens, anunciam o relâmpago próximo e desaparecem como anunciadores.
> Vede: eu anuncio um anúncio do raio e uma pesada gota procedente da nuvem; mas este raio se chama super-homem'.
> Pronunciadas estas palavras, Zaratustra tornou a olhar o povo, e calou-se. "Riem-se – disse o seu coração. – Não me compreendem; a minha boca não é a boca que estes ouvidos necessitam".
> "...Eu vo-lo digo: é preciso ter um caos dentro de si para dar à luz uma estrela cintilante".[27]

Continuou o velho sábio:

— Para ele, o super-homem, o além do homem, não se trata de um tipo biológico superior ou de uma nova espécie engendrada pela seleção natural, **mas de quem organiza o caos de suas paixões e integra numa totalidade cada traço de seu caráter, de quem percebe que seu próprio ser está envolvido no cosmos, de sorte que afirmá-lo é afirmar tudo o que é, foi e será. Fazendo surgir novos valores, ele intervém num momento qualquer do processo circular, que é o mundo, e assim recria o passado e transforma o futuro.**

Acrescentou o velho:

— Aqui, o grande problema de Nietzsche é que ele acreditava na morte de Deus, e isso por causa das ações dos "cristãos" da época, pois, apesar de falarem que eram fraternos etc., agiam de maneira totalmente inversa, e, por viver em uma época em que predominava a filosofia da razão, não teve um porto seguro no sagrado que o ajudasse em sua travessia, entre o animal, que é o homem irracional, homem velho corrompido com suas paixões e o super-homem, pessoa capaz de se superar, aqui, para nós que somos cristãos, é o que chamamos de um novo nascimento em Cristo pela força renovadora e curadora do Espírito Santo.

---

[27] NIETZSCHE, Friedrich. *Assim falou Zaratustra*. Tradução de Alex Marins. São Paulo: Martin Claret, 2002. p. 25-27.

— O perigo de olhar para trás é para ele uma necessidade de voltarmos para nossas antigas paixões, antigos vícios. É como o povo que saiu do Egito, que, no momento de aridez do deserto, teve saudades das cebolas podres do Egito. Assim ele deveria se superar por ele mesmo, somente com a força de sua razão e de sua intelectualidade. Ele previu a destruição de valores que ocorreriam em nosso tempo, a solidão, o vazio e a ansiedade que nos envolveriam no século XX. Faltou a ele, no meu ponto de vista, um horizonte espiritual, uma direção, uma fé, uma crença que o ajudasse em sua grande travessia. Concluiu o velho.

— Ele estava mais perdido do que quando o amigo chegou até aqui. Mas vamos voltar aonde estávamos.

Já refeito da sua viagem filosófica, o velho sábio continuou:

— Primeiramente, vamos acreditar que o pó da terra e o sopro divino se tornaram um ser único e indivisível, certo? Mas que o conhecimento desse ser único e indivisível nos dá a compreensão dele em partes, como um ser tridimensional, por exemplo, e isso nós podemos compreender, graças ao conhecimento ontológico do ser, que na filosofia é a parte que estuda o ser, quer físico, quer metafísico, e eu acrescentaria aqui uma dose de espiritualidade que alguns filósofos resolveram chamar de filosofia abstrusa, que eu prefiro chamar de sabedoria de Deus.

— Uma sabedoria que, segundo o apóstolo Paulo, na sua primeira carta à comunidade de Corinto, não foi dada pelas autoridades deste século, ou deste mundo, mas é uma sabedoria ensinada pelo Espírito de Deus, *"Aquilo que os olhos não viram, os ouvidos não ouviram e o coração do homem não percebeu"*[28].

---

[28] 1Cor. 2,9.

A DIMENSÃO BIOLÓGICA

— Vamos agora começar lá na sua dimensão biológica, lá no início da sua formação, não se esquecendo de que você é "humus" (terra boa; lugar onde caem sementes boas e más). Você me disse que sabe que é um ser biológico e que sua história começa no momento de sua concepção, e que, além daquilo que você herdou de seus primeiros pais em termos biológicos (sementes boas ou más), suas características físicas, você também é o que você alimentou, levando em consideração também todas as influências climáticas e habituais etc... (também sementes boas ou más).

— Pois bem! Ali, no momento mesmo de sua concepção, começou toda a sua história biológica, a junção de duas células. Uma masculina, o espermatozoide, vencedor talvez da mais importante corrida da sua história, com mais ou menos 300 milhões de outras células masculinas, cada uma com características hereditárias diferentes; e outra feminina, também com sua carga hereditária que lhe era própria. Nasceu você, com a cara que você tem, do jeito que você é, a cara da semente que foi plantada. Percebeu que sua vitória existencial começou aí? Poderiam ter nascido 300 milhões de pessoas diferente de você, porém nasceu você.

— Mas vamos voltar um pouquinho àquele momento de sua concepção. Você trouxe muitos caracteres de seus antepassados, biologicamente falando, e é ali que começa sua história. Você é também uma pessoa de necessidades, tem fome, sede e é alimentado por sua mãe. Dali em diante, se sua mãe tiver uma vida saudável, se tiver bons hábitos alimentares, você também vai desfrutar de bons alimentos. Mas, se sua mãe estiver doente, tiver maus hábitos alimentares e tiver algum vício, você também vai se alimentar mal e receber influências dos vícios dela, o que poderá te causar algum dano, biologicamente falando. Neste caso, você terá que se tratar; caso contrário, esses problemas podem te afetar pelo resto de sua existência biológica.

— Então a minha história biológica a partir da minha concepção vai de certa forma influenciar na minha vida adulta? Perguntou o viajante.

Respondeu o velho sábio:

— Toda sua história intrauterina e extrauterina contribuiu para ser o que você é, mas não é só isso: todos os cuidados que seus pais tiveram com você, o meio ambiente, o clima, a alimentação fazem parte da sua história, e não se esqueça de que, nessa dimensão biológica, se você não for alimentado, você morrerá de inanição; se você for mal alimentado ou comer comida estragada, você ficará doente e precisará de medicamentos; e, se você se alimentar em demasia, sem discernimento de limite ou com muita gula, você se tornará um obeso, com todas as consequências advindas, quer para o bem, que para o mal.

A DIMENSÃO PSICOLÓGICA

— Até aqui eu entendi, pois eu sempre fui muito curioso em biologia, mas e as outras dimensões? A minha parte psicológica, por exemplo? Retrucou o viajante.

— Bom, aqui as coisas vão se esclarecendo melhor. Disse o velho sábio. A sua parte psicológica, ou a parte mais superficial da alma, compreende suas emoções, suas alegrias e tristezas, sua parte racional e intelectual, também como a parte biológica, tem necessidades, fome e sede.

— Como é que o meu psicológico tem fome e sede? Perguntou o viajante.

Respondeu o velho sábio:

— Seu psicológico tem fome e sede de amor, carinho, compreensão, conhecimentos sadios, capazes de uma boa formação de seu caráter. Quando eu falei de sementes na terra boa, eu quero que você preste atenção sobre o que você tem assimilado nessa dimensão, principalmente no que se refere a conceitos, valores, forma de acreditar em Deus, na vida, na felicidade etc. Acrescentou o velho.

— Isso quer dizer que, se eu for mal alimentado nessa dimensão, há probabilidade de ser um mau caráter? Perguntou o viajante.

— Não é tão simples assim; isso vai depender de várias circunstâncias, afinal cada pessoa é única, nada aqui é uniforme, e não estamos lidando com ciências exatas. Cada ser humano tem uma sensibilidade diferente, e assim as formas de percepções no mundo intrapsíquico e extrapsíquico também são diferentes, uns são mais racionais e outros mais emotivos ou emocionais, e aqui eu quero que você mesmo tire suas conclusões. Disse o velho sábio.

— Mas vamos começar de novo. Você concordou comigo que a sua história biológica começou no momento de sua concepção, certo? Pois bem, a sua vida psicológica também. Na sua vida biológica você trouxe como herança vários caracteres biológicos de seus pais e antepassados, certo? Na sua vida psicológica também.

— Como eu posso herdar o psicológico e emocional de meus pais? Perguntou o viajante.

— Deixe de ser ansioso. Retrucou o velho sábio.

— Deixe que eu lhe explique melhor. Você já ouviu dizer que tal criança tem o gênio do pai, da mãe, do avô, e assim por diante? Pois bem, nós herdamos muitas das vezes o gênio, os conceitos, os valores, os conhecimentos, a maneira existencial de ser ou de ver as coisas; são sensibilidades emocionais que são transmitidas no momento da concepção, sementes psicológicas de seus pais ou antepassados. E mais: além da maneira de ser, nós herdamos a inteligência, os gênios, os conceitos, os conhecimentos, os valores, as culturas, as doenças psicológicas, os medos, as formas alegres de ser, tudo capaz de interferir na formação de seu caráter e personalidade.

— Há teólogos que têm procurado explicar aqui o significado do pecado original como sendo aquilo que trazemos de ruim de nossos primeiros pais, eu seja, de nossa origem, de nossos antepassados. Mas deixe isso mais para a frente; no momento o que interessa é outra coisa.

— O que, por exemplo? Perguntou o ansioso viajante, como quem quisesse saber tudo de uma só vez.

Perguntou ao velho sábio:

— Bom! Se você tem sede de amor e carinho, isso também tem início no seu momento primeiro da concepção, concorda?

Mas, sem esperar a resposta, continuou:

— Imagina que você foi uma criança esperada por seus pais, querida, planejada, sonhada, que seus pais enfeitaram o quarto, enfim, aguardaram com festa o seu nascimento. Conclui-se que você foi uma criança bem alimentada emocionalmente, desde o início da sua história existencial, correto?

— Agora imagine o contrário. Você não foi querido, você simplesmente foi um furo de camisinha, foi um descuido qualquer de uma noitada, dada a irresponsabilidade de seus pais; ou, ainda, por problemas financeiros, você não poderia ter sido gerado naquela época; ou, por problemas de doença ou idade, sua mãe não poderia te conceber; ou seus pais queriam muito que viesse uma menina, mas, após a ultrassonografia, descobriram que era um menino, ou vice-versa. Houve tentativas e mais tentativas de aborto, mas você acabou sendo gerado até o fim. Qual foi o alimento que você recebeu? Qual foi a sua forma de percepção desses alimentos? Por que às vezes você se sente rejeitado, que ninguém gosta de você? Você se sente existencialmente fora do mundo? Com uma baixa autoestima?

Ponderou o velho sábio:

— Aqui você pode desenvolver vários tipos diferentes de caráter, mas, como não sou profissional ou especialista nessa área, só posso te falar aquilo que aconteceu na minha própria experiência existencial ou aquilo que tenho percebido nos viajantes que por aqui passaram.

— Por exemplo? Perguntou o viajante:

— Bom! Disse o velho.

— Você pode desenvolver um sentimento, emocionalmente falando, de baixa autoestima, ou seja, sentimento de inferioridade. "Sou um coitado", por exemplo, "Ninguém me compreende", "Ninguém gosta de mim", "Sou um incapaz" etc.

Continuou o velho:

— Ou ainda pode desenvolver uma autoestima muito acima do normal, um sentimento de superioridade, ou seja, você pode fazer promessas interiores do tipo "Ninguém me ama, então <u>eu não preciso de ninguém</u>, eu me amo, eu me basto".

— Com este tome muito cuidado, porque são pessoas altamente competentes, inteligentes, bem-sucedidas intelectualmente e profissionalmente falando, mas, por sua vez, são frias, calculistas, extremamente racionais, manipuladoras, cínicas, insensíveis ao problema alheio, egoístas, egocêntricas, e neste ponto querem que tudo gire em torno delas — e ai daqueles que não se curvarem diante de sua prepotência! Ponderou o velho.

— Hoje já há muitos estudos sobre o assunto, e um livro de que eu gosto muito, que é daquele autor que já te mencionei, Augusto Jorge Cury. Aliás, eu quero que você leia, além dos livros sobre a

Análise da inteligência de Cristo, o livro do mesmo autor com o título *A pior prisão do mundo*. Neste último, ele esclarece que a pior prisão do mundo é o cárcere da emoção, e que o assunto dele, diz o autor, "*interessa não apenas aos que desejam compreender com profundidade o cárcere das drogas e os segredos do funcionamento da mente humana, mas também aos que almejam enriquecer sua qualidade de vida e ser livres dentro de si mesmos*".

— O autor Augusto Jorge Cury, evidencia que as relações entre pais e filhos precisam passar por uma verdadeira revolução. Pais e filhos, bem como educadores e alunos, dividem o mesmo espaço, respiram o mesmo ar, mas vivem em mundos diferentes. Estão próximos fisicamente, mas distantes interiormente, o que os torna um grupo de estranhos... Ah! Estava me esquecendo: quero que você leia outro livro dele com o título *Treinando a emoção para ser feliz*. Neste livro ele nos ensina a fazer um exercício em cima de nossos pensamentos obsessivos, nossos sofrimentos interiores, ele manda você criticar suas emoções e determinar para você mesmo que isso ou aquilo não vai te afetar; não dê poder a determinados pensamentos e a determinadas atitudes de pessoas que estejam à sua volta, pessoas difíceis do convívio do dia a dia. Ele chama esse processo de desenvolver a Inteligência Emocional[29].

— Eu chamo isso de racionalizar suas emoções — porque a emoção às vezes te cega os olhos da razão —: uma forma de você sair desse emaranhado de pensamentos dolorosos, desse cárcere é racionalizar as emoções; e, na maioria das vezes, você volta a pensar com racionalidade.

Continuou o velho sábio:

— E todos esses sentimentos refletem em toda a existência do ser humano, quer seja na vida pessoal, quer seja na vida social ou profissional. Dentro do contexto empresarial, tem-se estudado a necessidade de contratar pessoas não só racionais, mas, acima de tudo, pessoas que têm sua inteligência emocional equilibrada.

— Existem pesquisas hoje, na área de RH, no sentido de aferir qual seria o mais produtor, o racional ou o emocional. E, como o mercado de trabalho no mundo pós-moderno e globalizado exige potência máxima do ser humano, nada mais oportuno do que dominar integralmente todas as "ferramentas". Devemos usar a emoção para

---

[29] CURY, Augusto Jorge. *Inteligência multifocal*. 2. ed. São Paulo: Cultrix, 1998.

afinarmos a nossa racionalidade, a razão, para que as nossas emoções sejam sadias e benéficas. Quanto mais entendermos os mecanismos da razão e da emoção, mais caminharemos para a utilização mais eficiente delas. E o uso eficiente dessas duas ferramentas deve ser a busca de todo ser humano. Você só estará funcionando em carga máxima, utilizando todo o seu potencial, quando conseguir integrar o funcionamento dessas duas vertentes. Se a sua capacidade de avaliar estiver endurecida pela predominância do pensamento, o sentimento fica num papel coadjuvante, e, sem se aperceber disso, você perde um poderoso diferencial na forma de encarar os fatos. Imagine um sujeito altamente sofisticado no pensar, mas um analfabeto no sentir, e você verá quantas bobagens estarão presentes em suas decisões.

— Esse é um perfil típico em nossa atualidade. Essa "desarrumação emocional" desorienta-nos diante da realidade, e, dependendo do tamanho dos problemas, as coisas na vida ficam sem sentido, e assim vêm as crises, explicam os psicólogos da contemporaneidade. Sem contar que hoje é necessário compreender que não é possível pedir o cardápio racional ou emocional, dependendo da situação.

— Não devemos ser ingênuos de achar que nossa vida afetiva só estará presente quando permitimos. Continua o velho sábio.

— Tola presunção. Ela nos acompanha 24 horas por dia e, se for reconhecida e levada em consideração, poderá ser uma poderosa aliada. Se for negligenciada, certamente será uma inimiga feroz com uma boa chance de nos tornarmos mais tarde o nosso maior inimigo. Muitos já se conscientizaram dessa importância. Afinal, o cenário não é dos mais fáceis. Além do embate interno entre o que sentimos e o que pensamos, a realidade externa é cada vez mais caótica. E não menospreze a importância — para o bem e para o mal — dessa administração interna.

— Muitos têm elaborado estratégias maravilhosas **que falharam** porque se esqueceram de levar em consideração a complexidade interna de seus liderados. E, já que tocamos no profissional, aqui um parêntese importante: é nele que se encontra o maior reduto do culto ao racional. Por quê? Porque o racional dá a impressão falsa de que produz mais lucro. Segundo essa visão, uma pessoa muito racional raramente cometeria deslizes que pudessem provocar perdas financeiras. Uma pessoa racional deveria ser aquela que produz seu trabalho com eficiência, determinação e regularidade.

— Existem ainda vários filmes que tratam sobre o assunto; entre eles, eu quero que, embora não atuais, mas se tiver oportunidade, veja, por exemplo: *O príncipe das marés*; *Pescador de ilusões*; *Náufrago*; *Nell*; *Silêncio dos inocentes*; *K-Pax*; *O carteiro e o poeta*; *Uma mente brilhante*..., e muitos outros que mostram a influência do emocional na vida das pessoas. Disse o velho.

— Mas um ponto que devo ponderar, amigo, é o seguinte: nem sempre conseguimos nós mesmos nos ajudar nesse assunto, às vezes precisamos da ajuda de algum profissional, seja um psicólogo, seja um psiquiatra, um filósofo clínico, além de ser necessário também muita coragem e fé. Por exemplo, eu gosto muito de meditar sobre algumas passagens das escrituras e conversar com Deus, quando estou meio de baixo-astral.

— O senhor de baixo-astral? Perguntou o viajante.

— Eu mesmo. Você acha que eu sou de plástico? Que não tenho sentimentos? Acha que estou vacinado contra essas coisas? Não estou não. Eu também preciso reciclar meus sentimentos, e às vezes a meditação na palavra de Deus me alimenta o espírito e cura minha alma. Por exemplo: você já meditou sobre quanto Cristo sofreu? O que Ele suportou por cada um de nós? Como Ele suportou o abandono dos amigos? E até o abandono do Pai?

— Jesus foi abandonado pelos amigos e pelo Pai? Perguntou o viajante.

— Você não sabe que, no momento de sua maior agonia, ali no Monte das Oliveiras, quando ele teve necessidade de confessar aos amigos a sua fraqueza, eles o abandonaram? Que, quando ele disse que sua alma estava numa tristeza de morte, todos eles dormiram? E lá no calvário? No seu momento de maior agonia, ele se sentiu abandonado até pelo Pai[30].

Continuou o velho:

— Uma coisa que eu admiro foi a coragem, a resignação e a entrega ao Pai. *"Afasta de mim este cálice! Contudo, não seja o que eu quero, e sim o que tu queres"*[31].

---

[30] Mc. 14,33-34; 15,34.
[31] Mc. 14,36.

— Outra passagem sobre a qual eu gosto de meditar é a seguinte. Pegando sua Bíblia, leu para o viajante alguns versículos de uma das cartas de Paulo:

> Na fraqueza se manifesta a força – Para que eu não me inchasse de soberba por causa dessas revelações extraordinárias, foi me dado um espinho na carne, um anjo de satanás para me espancar, a fim de que eu não me encha de soberba. Por esse motivo, três vezes pedi ao Senhor que o afastasse de mim. Ele, porém, me respondeu: "Para você basta a minha graça, pois é na fraqueza que a força manifesta todo o seu poder". Portanto, com muito gosto, prefiro gabar-me de minhas fraquezas, para que a força de Cristo habite em mim. E é por isso que eu me alegro nas fraquezas, humilhações, necessidades, perseguições e angústias, por causa de Cristo. Pois quando sou fraco, então é que sou forte[32].

— Explique-me melhor essa passagem. Disse o viajante.
Respondeu o velho sábio:
— É simples. Você se lembra de quando li para o amigo: *"aquilo que os olhos não viram, os ouvidos não escutaram, o coração do homem não percebeu, foi isso que Deus reservou àqueles que o amam?"*[33]
— Pois bem. Continuou o velho.
— Quando temos qualquer problema ou dor existencial, se a nossa entrega for pequena, vamos <u>ver, escutar e sentir</u> exatamente do tamanho da nossa entrega. Agora, se eu tenho um espinho na carne, como diz Paulo Apóstolo, se minha dor for muito grande e eu tiver consciência do tamanho da minha fraqueza, então vou me entregar a Deus de acordo com a graça que eu necessito, ou seja, vou me entregar a Deus de modo que sua graça supere a minha dor ou fraqueza, e assim vou **ver, escutar e sentir** de acordo com a minha entrega, e dessa forma superar minhas necessidades. Entendeu?
— E há momentos ainda de total escuridão de alma, que os místicos da Idade Média, principalmente João da Cruz e Tereza de Ávila, chamavam de noites escuras da alma. E aí é o momento de falar como Jesus: *"Meu Deus, meu Deus, por que me abandonaste?"*

---

[32] 2Cor. 12,7-10.
[33] 1Cor. 2,9.

E mais um pouquinho está a resposta, a cura, a transformação, de trevas em luz, de morte, de agonia em ressurreição: *"Pai! Em tuas mãos entrego o meu espírito".*

— Experimente, naqueles momentos em que o amigo já fez de tudo, já reciclou seu emocional, já racionalizou, orou e nada aconteceu, e a dor existencial está cada vez pior, sua vida está nas trevas, você chora e ninguém te consola, ninguém te acolhe, ninguém te entende — aí então chegou o momento —, crie coragem e fale *"Pai! Em tuas mãos eu entrego o meu espírito"*, e veja o que acontece depois.

— Olhe, eu nunca tinha ouvido falar sobre isso, mas parece ter tudo a ver com as minhas necessidades, minhas crises e buscas existenciais. Mas continue. Disse o viajante.

Continua o velho sábio:

— No momento em que você não foi querido, ou em que o que você percebeu foram sentimentos de rejeição ou desamor, você deixou de receber o alimento necessário, ou semente boa necessária, para o seu desenvolvimento emocional ou psicológico, que na grande maioria das vezes tem afetado a existência adulta de todos os seres humanos. E esse alimento bom e saudável deve continuar após o seu nascimento, em toda sua infância, juventude, mocidade e vida adulta, caso contrário você será um eterno carente, ou morto psicologicamente, sem vida, depressivo etc..., e, uma vez somatizado, vai gerar muitas doenças, como câncer, diabetes, pressão alta, depressão, ansiedades, crises existenciais, tensão emocional e muscular e, consequentemente, muita dor nas costas e na coluna etc.

— O senhor tem certeza de que, mesmo no ventre da minha mãe, eu percebia se havia ou não o carinho ou a aceitação dos meus pais? Perguntou o viajante.

Antes de responder sim ou não, o velho sábio abriu sua Bíblia e falou o seguinte:

— Eu poderia te esclarecer com várias outras teorias científicas, mas tire você mesmo suas conclusões, e leu para ele o trecho que falava da visita de Maria à sua prima Isabel:

> Naqueles dias, Maria partiu para a região montanhosa, dirigindo-se, às pressas, a uma cidade da Judéia. Entrou na casa de Zacarias, e saudou Isabel. Quando Isabel

ouviu a saudação de Maria, a criança se agitou no seu ventre, e Isabel ficou cheia do Espírito Santo[34].

— É mesmo. Respondeu o viajante.

— A passagem é muito clara. Mas a criança sentiu que sua mãe Isabel ficou alegre porque viu sua prima Maria? Perguntou o viajante.

— Eu vejo de outra forma. Respondeu o velho sábio.

— Observe que, depois que a criança se agitou, Isabel ficou cheia do Espírito Santo: isso significa que, como o filho de Isabel era um profeta escolhido por Deus para anunciar a vinda de Jesus, desde o ventre materno ele já percebeu a presença do primo Jesus, também ainda em formação no ventre de Maria. A percepção aqui é muito maior do que imaginamos, é uma percepção mística, espiritual, uma percepção de comunhão, comunhão de projeto. Entendeu?

— Então foi praticamente João Batista, ainda no ventre da mãe, que fez com que ela percebesse que Jesus já estava no ventre de Maria? Perguntou o viajante.

— Exatamente. É nisso que eu acredito. Respondeu o velho sábio.

— Olhe o que a palavra fala: que, depois que a *criança se agitou no seu ventre*, Isabel ficou cheia do Espírito Santo, e só depois, *com um grande grito exclamou...* Olhe o susto: o que foi que ela percebeu? O que foi que ela exclamou?

— "Bendita és tu, Maria, você é bendita entre as mulheres, e é bendito o fruto do seu ventre! Como posso merecer que a mãe do meu Senhor venha me visitar?" E logo em seguida está a resposta: "Logo que a sua saudação chegou aos meus ouvidos, a criança saltou de alegria no meu ventre". Acrescentou o velho sábio.

— Você percebe que foi João Batista, ainda em seu sexto mês de gestação, que percebeu o seu primo Jesus ainda no início de gestação? Ele já era profeta desde o ventre materno, anunciando à sua mãe a chegada do Messias.

Nesse momento o viajante não conseguiu falar mais nada, já estava com seu coração derretendo ao ver a grande comunicação que pôde acontecer já dentro do ventre materno, e principalmente porque tinha ouvido pela primeira vez aquela passagem, ou seja, já tinha escutado, mas ouvido foi a primeira vez.

---
[34] Lc. 1,39-41, grifo nosso.

— Mas então se é isso aí que tem causado este grande buraco na minha alma ou no meu espírito não sei.

E, sem interromper para pensar, perguntou logo o viajante:

— Mas existe remédio para isso?

— Calma. Respondeu o velho sábio.

— Ainda é cedo para tirar conclusões, tem muita coisa ainda para ser esclarecida, mas é claro que todo buraco de alma tem cura. Da mesma forma que você tem que tomar remédios e precisar de médicos quando come comida estragada no biológico, você precisa tomar remédios, e às vezes procurar o médico, para o psicológico.

— Se o que provocou o buraco, como você diz, foi desamor, uma coisa eu te garanto: o melhor remédio para esse alimento estragado que temos comido no decorrer de nossa existência é, sem dúvida, o perdão. Primeiro, temos que tomar consciência de que comemos comida estraga, e depois saber qual remédio tomar, e como tomar — aí entra Jesus Cristo, o que falaremos mais tarde, porque o perdão ou a purificação do nosso interior, a purificação das sementes ruins que nasceram dentro de nós, na grande maioria das vezes, não é humano, a salvação ou o perdão é um Dom de Deus, é divino. Mas, se a comida estragada na dimensão da alma for o conhecimento estragado, uma cultura dessacralizada, errada, conhecimento deturpado, mentiroso, aí entra também a nossa parte: temos que deixar de ser cabeça dura e nos abrir ao verdadeiro conhecimento, ou verdadeira sabedoria, pois **"conhecereis a verdade e a verdade vos libertará"** (Jo 8-32).

Acrescentou o velho:

— E, quando eu falo que temos de fazer a nossa parte, vou te contar uma estória, para você entender o que eu quero dizer. Dizem que lá no Oriente, onde se vive uma vida mística maior que aqui no Ocidente e existem muitos gurus (mestres) e discípulos (alunos), o discípulo chegou para seu mestre e disse: "Mestre, eu tenho tanta confiança em Alá que eu deixei meu camelo desamarrado lá fora". Então lhe disse o mestre: "Volte lá fora a amarre seu camelo, seu tolo, porque Alá vai fazer por você aquilo que você não pode fazer, e amarrar o camelo está a seu alcance". Entendeu?

— É preciso ponderar aqui que a nossa reação psicológica a determinados comportamentos ou até mesmo a palavras que acreditamos nos fazer mal, não passam de gatilhos mentais.

— E o que é um gatilho mental. Retrucou o viajante?

— Bom, quando fomos mal alimentados, no nosso subconsciente se formaram verdadeiras feridas, que, uma vez não curadas, sangram todas as vezes que uma palavra ou ação humana provoca a mesma lembrança ou sensação de quando fomos feridos. Respondeu o velho sábio.

— Por exemplo, passou por aqui um viajante que descobriu, por meio de uma regressão espiritual, que teria sido rejeitado pela mãe ainda no ventre materno, no momento exato em que ela descobriu que estava grávida. Daí para frente, como não havia sido curada totalmente essa rejeição materna, toda vez que ele se sentia preterido ou rejeitado por alguém, a ferida de seu subconsciente se abria e sangrava tudo novamente, e até então ele achava que o que era dolorido em sua vida existencial, emocionalmente falando, eram as rejeições do presente.

— Como assim? Perguntou o viajante.

— Você se recorda de quando eu falei que o homem é "húmus", terra boa?

— Pois é, as sementes que caíram em sua existência emocional ainda no ventre materno foram sementes ruins, e a planta que cresceu, sentimento de rejeição, precisa ser arrancada desde a raiz.

Continuou:

— Há determinadas plantas que só podem ser arrancadas com a ajuda de Deus. Devemos clamar o sangue de Jesus sobre nossa existência emocional, encostar nosso coração no coração de Deus e pedir uma verdadeira transfusão espiritual. Pedir a Deus que nos ajude a perdoar nossa mãe pela rejeição e também todas as pessoas que, mesmo sem saber, nos fizeram um grande mal.

— Este é momento de entendermos, ontologicamente, como foi nossa concepção, e, com as descobertas, pedir a Deus, em primeiro lugar, o verdadeiro dom do perdão, mesmo que a mágoa ou ferida seja apenas no subconsciente ou no inconsciente. Muitas pessoas precisam de ajuda de profissional da área da Psicologia e fazer uma verdadeira regressão.

— O amigo procurou ajuda da Psicologia para esse entendimento? Perguntou o viajante ao velho sábio.

— Não. Respondeu o velho sábio ao viajante.

— Eu consegui fazer essa regressão de maneira espiritual, com a ajuda do próprio Cristo Jesus, que, por meio de muita meditação e oração de cura interior, foi-me mostrando o que eu podia fazer por mim mesmo e o que dependia apenas d'Ele; outras vezes da minha própria entrega nas mãos do oleiro para me tornar o vaso novo.

— O nascer de novo também é dolorido e é por parto normal, é um verdadeiro arrancar nossas máscaras para nós mesmos, referindo-se ao nascer para as coisas de Deus, tornar-se um verdadeiro cristão, na concepção do Evangelho de Cristo Jesus. Ponderou o velho sábio.

Então disse o viajante:

— Agora eu estou começando a entender quando Sócrates advertiu que devemos conhecer a nós mesmos, e que uma vida não refletida não vale a pena ser vivida. O enigma da esfinge, que representa a vida, em Sófocles: *"Decifra-me ou devoro-te"*.

Com um sorriso nos lábios, sabendo que seu amigo já começara a pegar o fio da meada, o velho sábio interrompeu a conversa para poder preparar o almoço, uma vez que a hora já ia bastante adiantada. Dirigindo-se à cozinha, deixou seu amigo viajando, agora para dentro de si mesmo, de volta ao seu passado, e por isso ele nem notou que o velho havia se retirado.

O cheiro da cozinha finalmente despertou o viajante de uma longa viagem, pois o almoço naquele dia era especial, como se tivesse alguma data para comemorar. O velho foi até o quintal, pegou um frango carijó de pés amarelos, um molho de tempero verde, e fez aquele frango ao molho pardo, e, para acompanhar com o caldo do frango, fez também uma panelada de angu de milho verde. Depois de ter posto a mesa, foi até uma pequena dispensa e pegou uma velha botija de vinho. Estava ali, lembrando-se do grande banquete na casa do pai, do retorno, da festa, da dança, da alegria nos olhos do pai, do abraço...

Antes de iniciarem a refeição, o velho sábio olhou para o amigo e ergueu uma linda oração aos céus: *"Obrigado, Senhor, pelo alimento que recebemos de vossas mãos liberais, fruto da terra e esforço do trabalho do homem".* E agradeceu também pela presença do viajante.

Sem falar nada um para o outro, os dois companheiros sabiam no seu íntimo que aquele banquete era a comemoração da vida, estavam alegres juntos por terem certeza de seus caminhos, o primeiro quase já no fim da estrada e o segundo ainda no início, mas já era grande alegria saber que já estava no início. Ali nenhum era melhor do que o outro, não havia ali uma ovelha e um pastor, existia a consciência de que eram apenas companheiros de viagem.

Aquela oração despertou no viajante a curiosidade do lado místico do velho sábio. Até então percebia apenas que era uma pessoa muito culta e sábia, crente e temente a Deus, e gostou do que viu, gostou da firmeza e certeza com que ele pronunciava aquelas palavras sagradas, e ficou repetindo-as no seu íntimo: *"Obrigado, Senhor, pelo alimento que recebemos de vossas mãos liberais, fruto da terra e esforço do trabalho do homem".* Ainda perdido nessas palavras sagradas e recitando-as em seu íntimo, resolve propor ao companheiro um pequeno brinde e, ao erguer a caneca de vinho, pronunciou também pela primeira vez palavras tão verdadeiras que saíam do mais íntimo de seu ser: *"Obrigado, Senhor, por ter colocado um anjo no meu caminho".*

Após o almoço, depois de terem descansado um pouco, caminharam até a sombra de um velho ingá que ficava nas margens do riacho e, ali sentados numa pedra, enquanto escutavam o barulho da correnteza das águas e o alvoroço dos passarinhos, voltaram novamente ao assunto.

A DIMENSÃO ESPIRITUAL

— E a minha dimensão espiritual, como funciona? Indagou o viajante.

— Bom! Respondeu o velho sábio.

— Sua existência espiritual começa também ali, no momento de sua concepção, com todas as heranças e os princípios que você trouxe de seus primeiros pais, de suas origens paterna e materna. Imagina se você foi para seus pais, que são tementes a Deus, um presente do céu, foi programado, foi um pedido a Deus, e no momento em que descobriram que você estava sendo gerado houve muito louvor e ação de graças. Você, neste caso, já é desde o ventre materno uma criança abençoada, bendita no sentido de benquisto. Você se lembra o que Isabel falou para Maria, a respeito daquele que ela carregava em seu ventre?

— É mesmo, Isabel exclamou *"Bendita és tu entre as mulheres e bendito é o fruto de seu ventre!"*[35] Respondeu o viajante.

— Agora imagine o contrário. Você é gerado pela obra do acaso, em algum encontro fortuito de pessoas que somente aproveitavam os prazeres hedonistas de suas naturezas, sem nenhum princípio cristão, pessoas drogadas, prostituídas, corrompidas e destituídas de princípios éticos e morais. Aqui você é uma criança já rejeitada, não querida, já amaldiçoada ou maldita, desde a concepção.

— Vale aqui a definição de bênção e de maldição. Bênção vem de bendizer e maldição ou maldito vem de maldizer, malquisto, não esperado. E aqui, para aliviar um pouco o peso da palavra, uma pessoa maldita é uma pessoa que não foi bem falada, no sentido de bem querida, de bendita, ou bem-aceita, não esperada.

---
[35] Lc. 2,42.

Disse o velho sábio:

— Escute agora esta passagem das Sagradas Escrituras:

> Natã disse a Davi: "Pois esse homem é você mesmo! Assim diz Javé, Deus de Israel: Eu ungi você como rei de Israel. E eu o salvei de Saul. Eu dei a você a casa do seu senhor. Eu coloquei em seus braços as mulheres do seu senhor. Eu dei a você a casa de Israel e de Judá. E se isso ainda não é suficiente, eu darei a você qualquer outra coisa. Então por que você desprezou a Javé e fez o que ele reprova? Você assassinou Urias, o heteu, para se casar com a mulher dele, e matou Urias com espada dos amonitas. Pois bem! A espada nunca mais se afastará de sua família, porque você me desprezou e tomou a mulher de Urias, o heteu, para se casar com ela. Assim diz Javé: Eu farei que a desgraça surja contra você de dentro de sua própria casa. Pegarei suas mulheres e as darei a outro diante de seus olhos, e ele dormirá com suas mulheres debaixo da luz deste sol. Você agiu às escondidas, mas eu farei tudo isso diante de todo o Israel e em pleno dia". Davi disse a Natã: "Pequei contra Javé". Então Natã disse a Davi: "Javé perdoou o seu pecado. Você não morrerá. Mas, por ter ultrajado a Javé, com seu comportamento, o filho que você teve morrerá. Javé atingiu o menino que a mulher de Urias dera a Davi, e o menino ficou gravemente enfermo. Davi suplicou a Javé pelo menino, jejuou, ficou perto dele, e passou a noite prostrado no chão. Os anciãos de sua casa tentaram ergue-lo, mas ele recusou e não quis comer nada com eles. Sete dias depois o menino morreu.[36]

— Nesses casos, a criança é amaldiçoada por Deus? Por que a criança morreu, se a culpa é de seus pais? Perguntou o viajante.

— Olhe, nesses casos, respondeu o velho sábio, não devemos fazer uma interpretação literal da palavra de Deus, devemos fazer uma interpretação espiritual. Acrescentou.

— Você se lembra da parábola do filho pródigo, quando o filho volta para casa? O que seu pai fala aos empregados? Perguntou o velho.

Mas, sem esperar as respostas, ele mesmo responde:

---

[36] 2Sm. 12,18.

— Olhe, o pai disse aos empregados: "*Vamos fazer um banquete, porque este filho estava morto e retornou à vida, estava perdido e foi encontrado*"[37].

Todas as vezes que a palavra de Deus fala de morte, nem sempre é na dimensão biológica, às vezes a morte pode ser na dimensão psicológica ou espiritual, vai depender, neste caso, de precisarmos qual é a área em que faltou alimento; se a criança recebeu alimento estragado; pode ocorrer de ela não ter sido alimentada nessas duas áreas de seu ser.

— Essa criança vai ter toda a probabilidade de ter problemas existenciais na fase adulta, porque foi gerada num ambiente de muita confusão. Por exemplo, o verdadeiro pai, de medo de ser descoberto na sua arte de enganar pessoas, vai torcer para que essa criança não nasça com vida, e a mãe, por sua vez, vai ter medo de que seu marido descubra, e aí eu te pergunto: qual é o alimento psicológico e espiritual que essa criança está recebendo? Se essa criança nascer, ela foi bem querida, abençoada ou não querida? Foi bendita ou maldita? Quais os princípios que "seus pais" vão passar a ela?

— Por exemplo, se você perguntar a esses "pais": quais são seus princípios morais? São princípios cristãos? Qual é a herança ou o princípio que você está passando para seu filho? A maneira como poderíamos ter mais certeza de uma resposta verdadeira seria estudando o que eles fazem. Eles podem, logicamente, professar em seus discursos toda sorte de princípios, que desconsideram completamente em suas ações; mas, quando estivessem diante de escolhas ou decisões entre cursos de ação alternativos, entre respostas alternativas à questão "Que devo fazer?", conhecendo todos os fatos relevantes de uma situação, eles revelariam em quais princípios de conduta realmente acreditam. A razão pela qual as ações, de uma maneira peculiar, são reveladoras de princípios morais é que a função dos princípios morais é orientar a conduta.

— Pois bem, desde a nossa concepção, recebemos também sementes espirituais, princípios, bons ou ruins. O amigo lembra-se de João Batista ainda no ventre da mãe, como ele já tinha percepção espiritual? Mas eu pergunto: como era a vida de Isabel e Zacarias? Quem estava chegando a sua casa? Quais os princípios de escolha ou decisão em que eles acreditavam?

---
[37] Lc. 15,25.

Continuou o velho:

— Isso significa que a salvação estava entrando na casa de Zacarias e Isabel; mesmo que ainda em forma de pequena semente, Maria levou aquilo que ela tinha no mais profundo de suas entranhas, ou seja, ela leva para casa de seus primos o Salvador, mesmo ainda em gestação. Então! Podemos ser sal da terra e luz do mundo, levando para as pessoas o Salvador, mesmo que ele esteja ainda em formação, no mais profundo da nossa alma. Entendeu? Concluiu o velho.

— Tudo bem! Exclamou o viajante.

— Eu entendi muita coisa, mas e o sopro divino, ele não serve para nada?

— Olhe! Nossa natureza é de barro, somos frágeis, mas a nossa essência é divina, vem de Deus, do sopro de Deus. Só que, desde o início da história de nossos primeiros pais, eles tiveram a liberdade de permanecer ou não na presença, ou, melhor dizendo, com a essência e os princípios de Deus. Eles tinham em suas mãos sementes boas ou ruins, tiveram liberdade para isso. Muitos de nossos antepassados preferiram cultivar a essência de outros deuses ou de outros prazeres, e aqui as duas coisas juntas não cabem no mesmo recipiente.

Acrescentou o velho sábio:

— Hoje, a maior dificuldade que encontramos em nossa sociedade pós-moderna, conforme consta dos escritos de Hare, em seu livro "A linguagem da moral" é como educar nossos filhos, quais os princípios que devemos passar a eles.

> A educação moral de uma criança tem um efeito sobre ela que permanecerá em boa parte inalterado por qualquer coisa que lhe aconteça no futuro. Se teve uma criação estável, segundo bons ou maus princípios, será extremamente difícil para ela abandonar esses princípios mais tarde. O único instrumento que o pai possui é a educação moral – o ensino de princípios por meio de exemplos e preceitos. Outras vezes, os pais sofrem de falta de confiança; não têm ao menos certeza suficiente do que eles mesmos pensam, para estar prontos e conferir a seus filhos um modo de vida estável. As crianças de tal geração provavelmente crescerão oportunistas, interesseiras, perfeitamente capazes de tomar decisões individuais, mas sem o conjunto estabelecido de princí-

> pios que é a mais valiosa herança que qualquer geração pode legar a seus sucessores. Pois, embora os princípios sejam construídos sobre decisões de princípios, a construção é o trabalho de muitas gerações, e deve-se ter pena do homem que tem de começar do início; é improvável, a não ser que ele seja um gênio, que consiga muitas conclusões de importância, não mais provável do que seria um menino comum, solto sem instrução numa ilha deserta, ou mesmo num laboratório, fazer qualquer uma das principais descobertas científicas.[38]

— Você já ouviu falar de uma parábola bíblica que fala que o reino dos céus é como um campo de trigo, onde o semeador joga sua semente boa e na calada da noite o inimigo joga semente de joio? Perguntou o velho sábio.

— Pois bem, o lugar onde cai a semente, no reino de Deus, é a nossa dimensão espiritual. A terra boa é o "húmus", lembra? E o joio é a semente da maldade deste século, ou deste mundo, jogada pelo encardido, como queira; e, se ela crescer mais que a semente de trigo, o joio vai aparecer, entendeu? E o remédio aqui é limpar o nosso coração (alma-espírito) pela purificação das águas do batismo e também pelo batismo no Espírito Santo, e alimentar essa dimensão com as sementes e os princípios do reino. Devemos nos alimentar do próprio corpo e sangue de Cristo.

— Cristo Jesus revela-se como sendo "*o pão vivo descido dos céus, quem comer deste pão de beber deste sangue, nunca mais terá fome e nunca mais terá sede e este permanecerá em mim e eu nele*"[39].

— Nós acreditamos também que, pela água do batismo, é lavada toda culpa de nossos primeiros pais; e, pelo sangue de Jesus, são curadas ou lavadas todas as nossas enfermidades e nossas almas remidas de nossas iniquidades (Isaías 53).

— Ser lavado pelas águas do batismo eu concordo, mas como posso eu comer do corpo e beber do sangue de alguém, para segui-lo? Isso é muito difícil de entender e aceitar. Respondeu o viajante.

— Um dia os discípulos de Jesus também falaram a mesma coisa, e muitas pessoas, depois de escutá-lo, foram embora. E, ao

---
[38] HARE, R. M. *A linguagem da moral*. Tradução de Eduardo Pereira e Ferreira. São Paulo: Martins Fontes, 1996. p. 78-79.
[39] Evangelho de João, 6.

indagar se os discípulos também queriam ir embora, pela dureza de sua doutrina, Pedro respondeu: "*a quem iremos Senhor, somente tu tens palavras de vida eterna*" (Jo 6, 60-69). Acrescentou o velho sábio.

— Entendi muita coisa agora, mas vou precisar refletir um pouco. Retrucou o viajante.

— O senhor disse-me coisas nas quais eu nunca tinha pensado, já cometi muitas tolices de maneira até mesmo irresponsável, sem nunca ter pensado nesse princípio de vida, que foi soprado no "húmus" da minha existência. Acrescentou o viajante.

— Será que o sopro ou espírito que tem em você é realmente de Deus? Será que os princípios que você tem seguido são princípios cristãos? Indagou o velho sábio.

Sem esperar respostas, acrescentou:

— Imagine você que Deus deu poder ao homem de ser coparticipe da sua criação; só o que o homem transmitiria aos seus descendentes a partir de então deveria ser o sopro original de Deus, aquele que Ele soprou, quando tudo eram ainda trevas e abismos, no momento mesmo da criação. Só que aquele sopro ou espírito original foi corrompido, e tudo que Ele gerou dali em diante não era mais o sopro divino, era um sopro corrompido, decaído, transmitido a nós pelos nossos primeiros pais, pela nossa origem, e é por isso que vou afirmar para o amigo: a coisa mais evidente que eu já percebi é que **somos criaturas de barro, mas temos dentro de nós um buraco do tamanho de Deus, percebe?**

— Tanto é verdade que, após a corrupção de seu povo, apesar de ter sido Deus quem os tirou da escravidão do Egito e ter feito alianças com Abraão, Isaac e Jacó, e após estes terem quebrado tais alianças, Deus promete uma aliança nova, que diz o seguinte:

> Eis que chegarão dias – oráculo de Javé – em que eu farei uma aliança nova com Israel e Judá: Não será como a aliança que fiz com seus antepassados, quando os peguei pela mão para tirá-los da terra do Egito; aliança que eles quebraram, embora fosse eu o senhor deles – oráculo de Javé: Colocarei minha lei em seu peito e a escreverei em seu coração; eu serei o Deus deles, e eles serão o meu povo.[40]

---
[40] Jr. 31,31-33.

> [...] quando eu mostrar a minha santidade em vocês diante deles. Vou pegar vocês do meio das nações, vou reuni-los de todos os países e levá-los para sua própria terra. Derramarei sobre vocês uma água pura, e vocês ficarão purificados. Vou purificar vocês de todas as suas imundícies e de todos os seus ídolos. Darei para vocês um coração novo, e colocarei um <u>espírito novo</u> dentro de vocês. Tirarei de vocês o coração de pedra e lhes darei um coração de carne. Colocarei dentro de vocês <u>o meu espírito</u>, para fazer com que vivam de acordo com os meus estatutos e observem e coloquem em prática as minhas normas [...] Livrarei vocês de todas suas impurezas[41].

— Se o espírito de Deus ainda estivesse no coração da humanidade, Ele precisaria colocar outro? O que significa "Colocarei dentro de você o meu espírito e livrarei de todas as suas impurezas"? Perguntou o velho.

— Isso significa, continuou o velho, que nós, como copartícipes na criação, temos a oportunidade de gerar filhos para Deus ou filhos mundanos, vai depender daquilo que estiver no nosso coração, ou no nosso espírito, como queira.

— Concluo ainda... Se estamos nós mesmos com um buraco no coração "do tamanho do mundo e que nada preenche" (como você mesmo disse, lembra?), é porque nós mesmos fomos gerados sem o espírito de Deus, fomos gerados com o espírito do mundo, entendeu?

— E os meus filhos? Perguntou o viajante, que pela primeira vez se lembrou da sua família, e isso porque ele mesmo chegou à conclusão de que, estando o seu coração vazio, um buraco do tamanho do mundo, como disse antes, é porque esse buraco é o lugar de Deus, e, se for assim, a semente que ele transmitiu para seus filhos é também a semente de um coração vazio, ou, quando muito, aquilo que ele conseguiu transmitir não deve preencher o coração de seus filhos também.

Já era tarde, a noite chegou, e eles nem perceberam que ainda estavam debaixo do velho ingá na beira do riacho. Esse talvez tenha sido um dos dias mais decisivos na vida do viajante; a essa altura ele não só se preocupava com o próprio umbigo, já se preocupava

---

[41] Ez. 36,23-29, grifo nosso.

também com sua família. E meus filhos, questionava ele, meus netos, as futuras gerações...? Meu Deus, eu não sabia. Foi aí que o velho sábio interrompeu sua meditação e lhe chamou para irem para o velho casebre, pois já era tarde e ele precisava preparar alguma coisa para comerem.

    Depois que se banharam, o velho sábio preparou um ensopado de farinha de milho, cheiro verde e o resto do frango do almoço. Após o jantar, enquanto o velho lavava a louça da cozinha, o viajante sentou-se numa das cadeiras da varanda e ficou ali meditando por um longo tempo, fitava o longe e divagava em seus pensamentos; de vez em quando sacudia a cabeça e continuava nos seus pensamentos, até que foi interrompido pelo velho, que trazia em uma das mãos uma lamparina:

    — O que o amigo está pensando parado aí nesta escuridão?

    — Estava aqui me lembrando de uma passagem das escrituras que escutei em uma de minhas andanças, em que Jesus chegava a uma sinagoga e falava que naquele dia se cumpria o que estava escrito nas escrituras e que o Espírito de Deus estava sobre Ele e o enviava para abrir os olhos dos cegos. Respondeu o viajante.

    — Essa passagem está no Evangelho de Lucas. Retrucou o velho, e, abrindo sua Bíblia, que estava em uma mesinha perto da cadeira, leu o trecho todo para o amigo.

    — *"O Espírito do Senhor está sobre mim, porque ele me consagrou com a unção, para anunciar a Boa Notícia aos pobres, enviou-me para proclamar a libertação dos presos e aos cegos a recuperação da vista; para libertar os oprimidos, e para proclamar um ano de graça do Senhor"*[42].

    Lembrou-se, também, de uma parte das escrituras que falava *"aquilo que os olhos não viram, os ouvidos não ouviram e o coração do homem não percebeu, foi isso que Deus preparou para aqueles que o amam"*[43].

    — Parece que agora está tão claro; entendi o que é abrir os olhos dos cegos. Até então eu achava que era curar as pessoas cegas dos olhos, fisicamente. Exclamou o viajante.

---

[42] Lc. 4,18-19.
[43] 1Cor. 2,9.

— Parece que o amigo começou a entender. Disse o velho sábio.

— Mas há ainda muita coisa para você entender. Por exemplo, quem é Jesus pra você? Perguntou o velho.

— É mesmo. Respondeu o viajante.

— Falamos de tanta coisa até agora, e onde entra Ele nesse projeto todo? Perguntou o viajante,

— Bom. Retrucou o velho sábio.

— Jesus faz parte do mistério da vida; o Evangelho de João fala que no princípio Ele era o verbo, tudo foi feito por Ele, e nada que existe neste mundo foi feito sem Ele, mas esta parte, amigo, não é um simples conhecer, vai muito além do simples conhecimento do senso comum, científico e até mesmo filosófico. Aqui não é um simples conhecimento. Alguns filósofos chamavam esse conhecimento de metafísico, outros o mencionavam como sendo uma filosofia abstrusa, mas eu prefiro chamar de encontro, rasgar o coração para o sagrado. Você mesmo deve encontrar Jesus, ter um encontro pessoal com o Senhor, um encontro daqueles que o apóstolo Paulo, então Saulo, teve quando ia a Damasco para prender os cristãos.

Acrescentou o velho:

— Você se lembra de quando eu falei sobre a palavra de Deus, que ela é viva e eficaz, capaz de tocar **no ponto entre a alma e o espírito**? Pois bem, eu entendo que a palavra de Deus, ou o verbo divino, vai rasgar esse ponto, onde a alma se encontra com o espírito, vai rasgar o véu do santuário. Eu costumo fazer aqui uma comparação com o templo ou o santuário do Velho Testamento. Na verdade, não era bem um templo, era uma tenda, que era dividida da seguinte forma: existia uma parte externa do templo, chamada de átrio exterior, depois do átrio exterior; a tenda era dividida em dois compartimentos, o santo lugar e o santo dos santos. Acontece que até o santo lugar todos podiam entrar, mas no santo dos santos, somente o sacerdote.

— Mas o que isso tem a ver com Jesus Cristo? Perguntou o viajante.

— Se você não me interromper, eu explico. Respondeu o velho sábio.

— Se nós formos comparar o nosso corpo com o templo do Espírito Santo, como diz o apóstolo Paulo em 1 Cor. 6, o átrio exterior é o nosso corpo físico, entendeu? O santo lugar é a nossa alma, a parte mais superficial, onde todos podem entrar, aonde o humano pode chegar, como as nossas emoções, nossa razão, nosso intelecto etc... Mas no santo dos santos somente o sacerdote pode entrar.

— Espere aí... Não é este o lugar em que existe um buraco do tamanho do mundo na nossa alma? Retrucou o viajante.

— Do tamanho do mundo, não, do tamanho de Deus, lembra? Respondeu o velho sábio.

— Eu não te falei que somos feitos de barro, mas temos no nosso interior um buraco do tamanho de Deus? Pois bem! No Velho Testamento somente o sacerdote poderia entrar, e quem é o sacerdote perfeito, segundo a ordem de Melquisedec, do Novo Testamento, de que fala a Carta aos Hebreus?

> Embora sendo Filho de Deus, aprendeu a ser obediente através de seus sofrimentos. E, depois de perfeito, tornou-se a fonte da salvação eterna para todos aqueles que lhe obedecem. De fato, ele foi proclamado por Deus como sumo sacerdote, segundo a ordem do sacerdócio de Melquisedec.[44]

— É Ele quem pode entrar no santo dos santos, somente Ele; o buraco que tem no coração da humanidade é do tamanho d'Ele. É lá que você vai encontrar com Ele.

Continuou o velho:

— É no vazio da sua existência, e para isso você precisa de muita caminhada, de silêncio interior, e principalmente de mudança de vida. Os crentes chamam isso de aceitar Jesus como seu Salvador ou conversão de vida, entendeu?

— Crentes ou cristãos? Você não falou que preferia ser chamado de cristão? Qual a diferença? Perguntou o viajante.

— Você está mesmo prestando atenção. Disse o velho.

— Vou te explicar a diferença. Nesse caso, o simples crer ou acreditar não é o suficiente; além de acreditar, você precisa d'Ele como sendo o seu Senhor. Acreditar n'Ele até os demônios acreditavam — há várias passagens das Escrituras que mostram isso.

---
[44] Hb. 5,8-9.

Mas se curvar diante de seus princípios e de sua vontade, somente aqueles que o seguem verdadeiramente, que deixam tudo (todos os conceitos e valores mundanos), e estes são chamados de verdadeiros cristãos, entendeu?

— Como que isso acontece? Como que eu vou encontrar Jesus no vazio da minha existência, no meu espírito, como o senhor falou? Perguntou o viajante.

Então respondeu o velho sábio:

— Amigo, aqui é preciso pararmos de fazer as coisas por fazer, somente porque nos ensinaram assim. É preciso compreender o que está faltando dentro de nós, a necessidade de mudança de vida; caso contrário, nós vamos começar o processo de conversão todos os dias. Quando começamos a deixar o Espírito Santo conduzir Jesus ao santo dos santos, fazendo sua palavra encarnar no nosso coração, se não houver mudança de vida, vamos colocar novamente, no buraco que é só para Jesus, "espíritos" do mundo, e lá não cabem as duas coisas, entendeu?

— Vou te contar uma pequena estória, para você entender o que estou querendo dizer:

> Dizem que havia um viajante que todos os dias ia de trem de sua cidade, onde morava, para trabalhar na cidade vizinha, e, para sua curiosidade, em cada estação que o trem parava o maquinista descia e com um martelo de borracha, batia em todas as rodas do trem...., e assim, acontecia em todas as viagens. Um dia, não aguentando mais de curiosidade o viajante pergunta ao maquinista: por que o senhor bate na roda do trem com este martelo de borracha, todas as vezes que para na estação? E, o maquinista por sua vez, meio pensativo, respondeu: SABE QUE EU NÃO SEI, eu bisavô era maquinista e batia na roda do trem; meu avô era maquinista e batina na roda do trem, meu pai era maquinista e batia na roda do trem, eu sou maquinista e continuo batendo na roda do trem.[45]

— Você percebe que repetimos sempre as mesmas coisas e não sabemos por que repetimos?

---

[45] Autor desconhecido.

— Bom! Hoje já falamos bastante, e a noite já vai bem adiantada; você já deve estar com a cabeça muito atordoada, e acho bom pensar um pouco sobre tudo que já conversamos. Mas, antes de dormirmos, vou te contar uma outra estória, para te ajudar um pouco. Não se esqueça, no entanto: é no **vazio** de seu coração que vai ser gerado um novo homem, uma imagem renovada, é lá que, pelo poder do Espírito de Deus, vai ser gerado um novo Cristo. A estória é a seguinte:

O ÍCONE VAZIO

A FACE DO MISTÉRIO

Em finais do século VII, o abade de um mosteiro nos arredores de Constantinopla desejou um ícone de Jesus Cristo para a igreja recém-construída. Chamou um dos seus monges e pediu-lhe que se encarregasse da obra. Ora, ícone é uma imagem pintada em madeira e que substitui, nas igrejas do Oriente, as imagens em três dimensões que vemos nas igrejas do Ocidente. O abade pediu-lhe um ícone desdobrado em três partes, tendo o rosto de Cristo ao centro, ladeado por dois anjos. Deveria formar o que é comumente conhecido como um tríptico.

O monge que recebeu a encomenda era um artista de muito talento, autor de várias obras que decoravam o mosteiro. Aquele, porém, seria um trabalho diferente e de importância incalculável. Ele sabia que os olhos de todos os que frequentavam a igreja iriam convergir para o ícone e, dele deveria partir, como de uma fonte inesgotável, toda a inspiração para a meditação dos monges. Consciente da sua humilde condição e da imensa responsabilidade que lhe fora delegada, o monge-artista pediu ao seu abade o tempo de três anos para preparar o espírito, de maneira a poder desempenhar a tarefa da qual não se julgava digno. No caso de haver pressa ou prazo para a finalização da obra, que por misericórdia lhe retirasse a encomenda e a desse a outro, mais santo. O abade sossegou-o dizendo que não havia nem pressa nem prazo, podendo ele tomar o tempo que julgasse necessário.

Durante três anos o monge-artista se entregou à oração, preparando as disposições da alma antes de iniciar o trabalho. Um belo dia, reuniu os seus apetrechos de

pintor e levou-os, junto com o seu catre, para o cimo da torre mais alta do mosteiro. Ali instalou a sua cela, disposto a não mais descer enquanto não desse por terminada a obra. Ele pensava que morando nas alturas ficaria mais perto daqueles que se propusera pintar.
Começou por desenhar o anjo que ficava à esquerda, colocando em suas mãos o pão da eucaristia. Trabalhou arduamente durante três anos, pois nunca lhe parecia estar representando de forma conveniente a expressão de um ser que se avizinhava do Filho de Deus. Uma vez por ano, o abade subia à torre para saber do andamento da obra. Ficava algum tempo observando o paciente trabalho do monge, sem se pronunciar, não fosse a sua voz perturbar a concentração do artista. Depois, descia com o coração cheio da certeza que havia escolhido o homem mais capaz para desempenhar a tarefa.

Quando veremos o rosto de Nosso Senhor Jesus Cristo?
– a comunidade perguntava.
Quando for do agrado de Nosso Senhor Jesus Cristo que vocês o vejam! Respondia o abade.
Passaram-se outros três anos antes que o monge-artista se desse por satisfeito com a figura do anjo da direita, aquele que segurava um turíbulo, de onde se derramavam nuvens de incenso. Na mesma tarde em que lhe deu o último retoque, recebeu a visita do abade. Este, já velho, subira as escadas da torre com dificuldade. Agora, contemplando os anjos, sentia um grande consolo pelo seu cansaço. Como eram belas aquelas duas figuras esguias em suas vestes resplandecentes! Amanhã, disse-lhe o artista, iniciarei o desenho do rosto de Nosso Senhor Jesus Cristo.
O abade desceu as escadas refeito pela alegria e comunicou a boa nova à comunidade. Todos sentiram que estavam chegando perto do milagre da visão de Deus. Ao cair da noite, como era habitual, o irmão encarregado da cozinha subiu à torre para levar ao monge-artista a única refeição que este se permitia todos os dias. Bateu à porta e não obteve resposta. Voltou a insistir. Algumas vezes, acontecia o monge estar tão absorvido no que fazia que mal se dava conta do mundo ao seu redor.
Como o irmão continuasse a bater, sempre sem resposta, teve um mau pressentimento. Empurrou a porta e entrou devagar, guiando-se pela luz da candeia que levara.

Deparou com o monge caído no chão, entre os pincéis e poças de tinta. Levantou-o com grande esforço e deitou-o no catre. Preparando-se para sair em busca de ajuda, sentiu que a mão do artista agarrava a sua manga. Com a outra, ele apontava para o ícone. Tinha os olhos muito abertos, o olhar extasiado.

O irmão tomou o gesto e o olhar por um ato de desespero. O monge-artista se sentira surpreendido pela morte antes de poder concluir o trabalho ao qual dedicara tantos anos de orações. Mas o monge continuava a segurar-lhe a manga e a apontar na direção do ícone. De repente, com voz rouca, entrecortada pelos suspiros de agonia, pronunciou algumas palavras: 'o ícone...está terminado!'. Ele delira, pensou o irmão amparando sua cabeça e acabando por fechar seus olhos à luz deste mundo. Relatou o sucedido ao abade e à comunidade, não omitindo o delírio final do monge-artista.

Todos lamentaram aquela morte, mas também a perda do ícone prometido e que alimentara nos corações a promessa da visão do rosto de Jesus Cristo.

A comunidade aceitou a interpretação do irmão da cozinha quanto ao sentido do desespero e do delírio. Sim, diziam, era isso, o irmão tivera a impressão de ouvir: 'O ícone está terminado', porque, na agonia final, o ar que já faltava ao moribundo impedira-o de pronunciar o não, aquele doloroso não, a obra...'não está terminada!'

Mas o abade, que há muitos anos era o pai dos monges daquele mosteiro, e por isso mesmo conhecia o feitio de alma de cada um, não aceitou aquela versão de ato desesperado nem a conclusão pela falta de uma palavra na frase com que o seu monge-artista se despedira da vida. Não lhe ocorria nenhuma outra explicação, mas pressentiu que a frase continha um segredo e que era seu o dever de desvendá-lo.

Depois do enterro, o Abade decidiu subir uma última vez as escadas da torre. Ele sabia que as suas pernas cansadas já não lhe permitiam repetir a penosa ascensão. Se havia um segredo, este só poderia estar na cela do seu monge, ou então morrera com ele.

Chegou ao cimo muito cansado, arrastou-se para dentro e deixou-se cair na cadeira do artista. Enquanto recuperava o alento, seus olhos iam vagando pelos apetrechos espalhados, pelas manchas de tinta, até que deram com o ícone encostado na parede. Sentiu um aperto no coração vendo ao centro o espaço vazio e desviou o olhar para o anjo da esquerda. Quis, por instantes, apoiar o seu espírito atribulado na beleza daquele rosto angelical. Mas logo, sentiu-se conduzido por uma força misteriosa a seguir o olhar do anjo. Sem poder opor resistência, voltou a mergulhar os olhos no espaço vazio. Outra vez, o mesmo aperto no coração. Desviou o olhar para o anjo da direita. O seu rosto lhe pareceu ainda mais belo do que da última vez que o contemplara. Arrastou a cadeira para ver mais de perto. Percebeu que a beleza estava toda ela concentrada nos olhos. Eles refletiam uma luz que não nascia dentro do anjo, mas... viu-se constrangido a seguir o olhar em busca da fonte de luz, e voltou a sondar o espaço vazio. As horas passavam. O abade continuava mergulhado em sua agonia, os olhos vagando de um rosto para o outro.

Encontrava sempre a mesma força misteriosa em cada olhar, movendo os seus olhos para o espaço vazio. Incapaz de aguentar a luta mais tempo, ele pensou que podia se refugiar no fundo da alma e fechou os olhos. Do seu íntimo sentiu subir a sua voz treinada por uma vida inteira de oração:" Senhor, dai-me a visão dos anjos!". Então outros olhos se abriram dentro dele, lançando o seu olhar através dos olhos do corpo, direto ao espaço central do ícone, para dentro da fonte de luz. Ele sentiu a vertigem de quem perde o apoio em qualquer realidade. Foi tomado pela luz. A princípio pensou que ficara cego de uma cegueira diferente, por excesso de luz. E no centro da luz, por uma fração de segundo, ele viu o que os viam os anjos.
Ao amanhecer, vendo os monges que o abade ainda não aparecera, enviaram um irmão para avisar que haviam já soado as matinas.
Como que se adivinhasse a chegada do novo emissário, o Superior abriu-lhe a porta, nem bem aquele vencera o último lance de escadas.
Quando levantou os olhos para o seu abade, o irmão percebeu que alguma coisa havia acontecido durante o tempo em que permanecera na torre. Havia uma evidente mudança. Mas se lhe pedissem para dizer em que sentido se dera a mudança, já não estava tão certo de que poderia explicar. Era uma mudança, como acontece sentirmos nas pessoas que regressam de uma

> longa viagem e parecem trazer consigo pedaços de paisagens e de rostos que desconhecemos. Foi a voz serena de sempre que lhe pediu que descesse e reunisse a comunidade, para poderem preparar, todos juntos, a cerimônia de entronização do ícone na igreja.
> Mas, está terminada a obra? – perguntou o irmão.
> Sim, está terminada! – garantiu-lhe o Superior com um sorriso.
> Incentivado pelo tom de voz e pela expressão alegre do abade, que não parecia se importar com a sua curiosidade, o irmão arriscou ainda outra pergunta?
>
> E é belo, o nosso ícone?
> O abade cerrou os olhos por instantes, querendo beber a lembrança, da nascente mesma da memória. Voltou a olhar para o irmão que aguardava ansioso e afiançou-lhe:
> É belo, como olho algum sonhou contemplar!
> Obediente, o irmão fez o que lhe fora ordenado. Os monges subiram à torre em procissão solene e levaram o ícone para a igreja, onde o colocaram no lugar que lhe estava reservado, ali para onde todos os olhares convergiam. Ninguém tinha coragem de confessar que, entre anjos tão belos, só conseguia enxergar um espaço vazio, onde deveria estar o rosto prometido.
> [...] É necessário que aprendam com os anjos uma nova maneira de olhar, disse até que consigam ver o mistério como os anjos o vêem. Saberão que este novo olhar é possível porque uma parte do nosso ser é feita da mesma substância do mistério. Não se deixem desanimar pela pobreza dos sentidos do corpo. Eles parecem surgir do corpo mas as suas raízes são muito profundas. Será necessário seguir o caminho dessas raízes. Para além da fé está a visão, e esta visão é fruto do desejo de se tornar um só com Deus. Então, pode ser que, finalmente, vejam a face do Seu ícone.[46]

Após o término da estória, o velho sábio concluiu que eles entenderam que não há nenhum pincel ou mão humana que consegue pintar a face de Cristo Glorioso, nada, humanamente falando, pode representar a face de Deus. Retirou-se para dormir e deixou o viajante meditando por mais um longo tempo na varanda da casa.

---

[46] MONTEIRO, Alina Torres. *O ícone vazio*. São Paulo: Green Forest do Brasil, 2000. p. 12-23, grifo nosso.

Ao romper do dia, ainda bem cedo, mesmo antes que o velho sábio acordasse, o viajante levantou-se e, como que tivesse uma missão a cumprir, foi para o riacho de águas cristalinas; e lá, após entrar nas águas, começou uma linda oração, provavelmente se lembrando do batismo das águas que ele mesmo recebeu ou do batismo de Jesus por seu primo João Batista, nas águas do Rio Jordão.

Ainda sem compreender o significado de toda essa mudança, e até mesmo o significado do batismo, ergueu seus olhos ao céu e disse em voz alta:

— Senhor! Não sei bem os seus desígnios, sei que sou um ignorante e errante pecador, mas suplico-lhe do mais profundo do meu ser: renove em mim o poder do meu batismo, conceda-me sabedoria para compreender os seus projetos, que eu seja lavado de todos os meus erros e pecados, dai-me sempre um coração arrependido, e permita que eu tenha novamente a sua imagem e semelhança, sem nenhuma máscara. Que eu saiba discernir o que é bom aos teus olhos. Se o Senhor é meu Pai, dai-me da tua graça de Pai; se Jesus Salvador é meu irmão, dai-me toda salvação; e, se o Espírito Santo é o Santificador, dai-me toda a santificação que me é reservada.

E continuou por um longo tempo sua oração, às vezes se afundava até encobrir a cabeça nas águas, e, quando se levantava, continuava com suas mãos voltadas para o céu, pedindo a misericórdia de Deus.

Quando o velho sábio acordou e sentiu a ausência do viajante na casa, dirigiu-se até o riacho e viu-o em oração, e, de longe, contemplava a oração de alguém que queria verdadeiramente uma vida nova em Cristo. Lembrou-se da parábola do filho pródigo, o coração ansioso do pai que fitava a estrada ao longe, esperando a volta de seus filhos, e então pronunciou a mais linda oração em favor do amigo:

Veni, Creator Spiritus,
Ó Espírito que suscitas o criado,
Penetra os teus fieis em profundidade
Derrama a plenitude da graça
Nos corações que para ti criaste.

És o Consolador e o Advogado,
Pelo Pai altíssimo dado aos filhos,
Fonte vida, caridade que inflama,
Unção que santifica e cura.

Concede a quem te invoca os sete dons,
Tu, dedo da direita do Senhor,
Que cumpres as promessas dos profetas
Dotando os lábios de palavra nova.

Ilumina, vivifica as mentes,
Nos corações infunde a vontade de amar,
Fortifica os cansados membros vossos
Com a fiel e doce força tua.

Dispersa e põe em fuga o adversário antigo,
Concede logo paz com alegria,
Assim, por ti guiados à verdadeira vida,
Evitaremos a sedução do mal.

Faze, reconheçamos o Bom Pai
No rosto do seu Filho feito carne
E a ti, que unes ambos no amor,
Ouçamos e louvemos todo o tempo.
Amém.

O velho sábio não se conteve, e, após um longo tempo em que o amigo estava em oração, entrou nas águas; e os dois juntos continuaram a orar ao Senhor, bendizer o seu Santo Nome, às vezes cantarolavam "*a nós descei divina luz... em nossas almas ascendei... o amor, o amor de Jesus....*" E ali, do coração de Deus, foram derramadas muitas bênçãos e graças naquele dia. Ao saírem das águas, o viajante, com lágrimas nos olhos, comentou com o velho sábio que nunca tinha sentido aquelas coisas e lembrou-se das palavras de Paulo: "*o que olhos não viram, os ouvidos não ouviram e o coração do homem não percebeu...*" E disse que, num determinado momento, quando estavam cantando e louvando ao Senhor, parece que estava ouvindo um couro de anjos a cantar com eles.

Ao retornarem para casa, sentaram-se novamente na varanda, momento em que o velho sábio tomou a palavra e questionou o viajante sobre sua pergunta da noite anterior: "Como vou encontrar com Jesus no vazio do meu coração ou da minha existência?" E concluiu:

— Depois de ter meditado sobre o ícone vazio, o que o amigo pensa sobre o encontro pessoal com Jesus Cristo?

— Olhe! Hoje eu estou menos ansioso, pensei muito sobre o monge artista, quanto tempo ele levou, primeiro, para imaginar como deveria ser o olhar de alguém que estava contemplando a face de Cristo; segundo lugar, quanto tempo ele próprio levou para conseguir ver a face de Cristo, apesar de ser monge e estar sempre em oração. Pensei também sobre o santuário, o santo dos santos, que é exatamente do tamanho de Deus, nada mais preenche; pensei sobre o meu santuário, o porquê deste vazio que sinto. Mas, no que eu percebi, tem que haver uma mudança de vida muito grande, tem que haver o olhar dos anjos. Eu havia questionado sobre ser a nossa realidade de barro, então não se poderia exigir de nós atitudes de anjos, agora eu sei, ou seja, não sei se tem que haver atitudes de anjos, mas o olhar dos anjos, sim. Respondeu o viajante.

O velho sorriu, e apenas acrescentou:

— Atitudes de anjos talvez não, mas atitudes de Cristo, sim.

O velho levantou-se da cadeira, foi até o quarto e trouxe consigo um velho violão, sentou-se novamente e começou, na vista do amigo, a dedilhar uma linda canção.

> Senhor, quem entrará no santuário pra te louvar? (2x)
> Quem tem as mãos limpas, e o coração puro
> Quem não é vaidoso, e sabe amar
>
> Senhor, eu quero entrar no santuário pra te louvar? (2x)
> Ó dá-me mãos limpas, e um coração puro
> Arranca a vaidade, ensina-me a amar.
>
> Senhor, já posso entrar no Santuário pra te louvar. (2x)
> Teu sangue me lava, Teu fogo me queima
> O Espírito Santo inunda meu ser.

Quando o velho terminou, foi o viajante quem começou a puxar o canto novamente, no que foi seguido pelo violão e pela voz do velho, e assim ele cantarolou até quase entrar num êxtase, momento em que soltou sua voz em oração e rogou aos céus, agora em lágrimas.

— Senhor, dai-me a graça de entrar no santuário, Senhor! Limpa minhas mãos, muitas vezes manchadas de pecados por atos, pensamentos e omissões. Dai-me o coração puro, arranca de mim toda vaidade, orgulho, prepotência. Lava-me com o poder do sangue de

Jesus. Inunda meu ser. Que o fogo do Espírito Santo me queime. Desperte em mim a sede de conhecer Jesus, Teu Filho, e mais força ainda para seguir os Teus passos. Amém!

    Depois que terminou a oração, continuou a solfejar a mesma música, somente num lá, lá, lá..., o que foi acompanhado pelo violão do velho sábio, até que seu coração se derramou em lágrimas novamente, só que agora muitas lágrimas. Nesse momento o velho se levantou de seu lugar, abraçou o amigo e deixou que ele chorasse até exaurir a vontade, ou até mesmo a dor que incomodava seu coração; ficou ali abraçado com o amigo por um bom tempo, nada falou, apenas ficou ali.

    Quando o viajante exauriu mais um pouco de suas angústias, o velho voltou para sua cadeira, pegou a Bíblia e leu para ele uma passagem do Evangelho:

> Entre os fariseus havia um homem chamado Nicodemos. Era um judeu importante. Ele foi encontrar-se de noite com Jesus, E disse: "Rabi, sabemos que tu és um Mestre vindo da parte de Deus. Realmente, ninguém pode realizar os sinais que tu fazes, se Deus não está com ele". Jesus respondeu:". Eu garanto a você: Se alguém não nasce do alto, não poderá ver o Reino de Deus". Nicodemos disse: "Como é que um homem pode nascer de novo, se já é velho? Poderá entrar outra vez no ventre de sua mãe e nascer?" Jesus respondeu: "Eu garanto a você: ninguém pode entrar no Reino de Deus, se não nasce da água e do Espírito. Quem nasce da carne é carne, quem nasce do Espírito é espírito. Não se espante se eu digo que é preciso vocês nascerem do alto. O vento sopra onde quer, você ouve o barulho, mas não sabe de onde ele vem, nem para onde vai. Acontece a mesma coisa com quem nasceu do Espírito.[47]
>
> A Palavra estava no mundo, o mundo foi feito por meio dela, mas o mundo não a conheceu. Ela veio para a sua casa. Mas os seus não a receberam. Ela, porém, deu o poder de se tornarem filhos de Deus A todos aqueles que a receberam, Isto é, àqueles que acreditam no seu nome, Estes não nasceram do sangue, nem do Impulso da carne, nem do desejo do homem, Mas, nasceram de Deus. E a Palavra se fez homem E habitou entre nós.[48]

---
[47] João 3,1-8.
[48] João 1,10-14.

Após a leitura, continuou o velho sábio:

— Nascer de novo, amigo, significa deixar o Espírito Santo gerar Jesus Cristo em seu coração, deixar Ele ser o Senhor de sua vida, preenchendo seu vazio existencial, deixando Ele ocupar o buraco que eu falei que é do tamanho de Deus, entrar no santo dos santos, no seu santuário, já sabendo que esse processo já iniciou com o viajante, pois, como na passagem do filho pródigo, o Pai de longe já o avistou..., escutou a sinceridade de seu coração.

— Mas como o Espírito Santo vai gerar Jesus no meu coração? Perguntou o viajante.

— A pergunta sempre se repete. Exclamou o velho sábio.

— Maria talvez tenha sido a primeira a perguntar. Quando o Anjo apareceu a ela, você se lembra de qual foi a conversa dos dois? Perguntou o velho.

— Exatamente como foi eu não me lembro, não. Respondeu o viajante.

Então o velho pegou novamente sua Bíblia, abriu num dos Evangelhos e leu ao amigo:

> O anjo entrou onde ela estava, e disse: "Alegre-se, cheia de graça! O Senhor está com você!" Ouvindo isso, Maria ficou preocupada, e Perguntava a si mesma o que a saudação queria dizer. O anjo Disse: "Não tenha medo, Maria, porque você encontrou graça diante De Deus,". Eis que você vai ficar grávida, terá um filho, e dará A ele o nome de Jesus. Ele será grande, e será chamado Filho do Altíssimo. E o Senhor dará a ele o trono de seu pai Davi, e Ele reinará para sempre sobre os descendentes de Jacó. E o seu Reino não terá fim". Maria perguntou ao anjo: "Como vai acontecer. Isso, se não vivo com nenhum homem? O anjo respondeu: "O Espírito Santo virá sobre você, e a força do Altíssimo a cobrirá com sua sombra. Por isso, o Santo que vai nascer de você será chamado Filho de Deus".[49]

Continuou o velho:

---
[49] Lucas 1,28-35.

— Pois bem! A resposta que eu vou dar a você é a mesma: "O Espírito Santo descerá sobre você e a força do Altíssimo te cobrirá com sua sombra", e você vai gerar em teu coração. Concluiu o velho.

— Se você observar no Evangelho de João, 1, ele vai falar que no **"princípio era o verbo e o verbo se fez carne e habitou no meio de nós"**. Agora eu te pergunto: o verbo que João menciona não é a palavra? Não é a mesma coisa que eu falar que, no princípio era a palavra e a palavra se fez carne? Pois agora olhe a resposta de Maria ao Anjo: "Eis a escrava do Senhor. Faça-se em mim *segundo a tua palavra*".

— Novamente eu te pergunto: o que aconteceu depois? A palavra não se encarnou no ventre de Maria? Pois é! Foi a forma como Deus se tornou homem e habitou no nosso meio. E agora eu te pergunto ainda: qual era a promessa de Deus para "aqueles dias", ou seja, os dias da consumação da nova aliança, ou consumação dos tempos, ou ainda o tempo de proclamação da Graça do Senhor? Eu respondo: "Depois disso, derramarei o meu espírito sobre *todos os viventes [...] Nesses dias, até sobre os escravos e escravas derramarei o meu espírito! Farei prodígios no céu e na terra*"[50].

Continua o velho:

— E aí, amigo, Paulo completa:

> E aí já não há grego nem judeu, circunciso ou incircunciso, estrangeiro ou bárbaro, escravo ou livre, mas apenas Cristo, que é tudo em todos.[51]

> É por isso que nós não perdemos a coragem. Pelo contrário: embora no nosso físico vá se desfazendo, o nosso homem interior vai se renovando a cada dia.[52]

— Entendeu, amigo, que você precisa deixar Jesus Cristo ser gerado no seu coração, ou seja, no seu espírito, que é o mais profundo da sua alma? Você entendeu que é preciso se engravidar de Jesus, e que o esposo vai ser o próprio Espírito Santo?

---

[50] Joel 3,1-3.
[51] Col. 3,11.
[52] 2Cor. 4,16.

— Só que tem mais um detalhe: quem vai fazer com que isso se torne possível é o próprio Jesus. Acrescentou o velho.

— Como? Perguntou o viajante.

— É isso mesmo, amigo, é preciso questionar, buscar respostas, instruirmo-nos, conhecer o que os outros já viveram, como João da Cruz, Tereza de Ávila e muitos outros que deixaram placas nas estradas. Às vezes as pessoas nos aconselham uma mudança de vida, falam-nos para largarmos nossos vícios, nossas paixões, corrupções de alma, mas esquecem-se de nos indicar o remédio, o caminho. E aí ficamos perguntando: como? Eu não consigo sozinho.

— Pois bem! Eu respondo, Ele (Jesus) primeiramente fez com que os mandamentos de Moisés, que eram dez, se tornasse apenas dois, ou seja, Ele não veio abolir a Lei e os Profetas, Ele veio fazer com que se cumprissem. Primeiro Ele mostra qual é a sua vontade, que é a mesma vontade daquele que o enviou. E, para que fosse possível que se cumprisse, era necessário a força do Espírito Santo, força geradora de santidade, força que **gravaria a palavra no nosso coração**. Para isso, fazia-se necessário que o nosso coração, ou o mais profundo da nossa alma, que é o nosso espírito, ou o buraco do tamanho de Deus, estivesse limpo, fosse lavado, porque o Espírito Santo não entra em lugar sujo.

Para se fazer compreender melhor, o velho pegou uma passagem das Escrituras e a leu para o amigo viajante.

> Pois vocês sabem que não foi com coisas perecíveis, isto é, com prata nem ouro, que vocês foram resgatados da vida inútil que herdaram dos seus antepassados. Vocês foram resgatados pelo precioso sangue de Cristo, Como o de um cordeiro sem defeito e sem mancha.[53]

— Agora, você se lembra de quando eu falei do santuário do Velho Testamento, descrito no livro de Êxodo e Levítico? Vou repetir: existia o átrio exterior, o santo lugar e o santo dos santos; o santo lugar e o santo dos santos eram separados por um véu; e somente o sacerdote entrava no santo dos santos. Pois bem: como ele entrava no santuário? Em primeiro lugar, ele sacrificava um cordeiro sem mancha, pegava o sangue do cordeiro, entrava no santo dos santos, aspergia

---

[53] 1Pd. 1,18-19.

o altar, a arca da aliança, o livro da lei, aspergia-se e depois aspergia o povo que estava no santo lugar. Percebe como ele se purificava e purificava também o lugar onde estava a presença de Deus, na arca da aliança? Você percebe que ele fazia a purificação do santuário com o sangue de um cordeiro sem mancha e sem defeito? Agora eu te pergunto: quem é o cordeiro de Deus, que tira o pecado do mundo, mencionado por João Batista, logo após o batismo de Jesus?

Agora quem responde é o viajante:

— Meus Deus, tudo se encaixa. O cordeiro sem mancha e sem defeito é o próprio Jesus, que se doa para purificar o santo dos santos, ou seja, o mais profundo da minha alma, para depois ele mesmo vir fazer ali sua morada. Então, se o meu espírito é o santo dos santos, significa que também ele é a arca da nova aliança?

— Exatamente isso. Respondeu o velho sábio.

— É por isso que chamamos Maria de Arca da Aliança, ela foi a primeira que recebeu em suas entranhas o Jesus-homem, só que agora nós recebemos um Jesus vivo e ressuscitado, um Jesus glorioso, entendeu?

— Mas, quando Jesus morre, ele não rasga o véu do santuário? Perguntou o viajante.

— Exatamente, para que todos nós tivéssemos acesso à presença de Deus, respondeu o velho.

Acrescentou:

— Primeiro, Jesus-homem doa seu sangue como o de um cordeiro sem mancha e sem defeito, para purificar o santuário, depois vem o Espírito Santo e gera o Jesus ressuscitado e glorioso no nosso espírito, e, como o véu do santuário foi rasgado, Ele deixa que nós entremos, agora no mais profundo de nós mesmos, e contemplemos a face de Cristo glorioso. Acrescentou o velho.

— É por isso que, quando você chega e acha Jesus no santo dos santos, você está bem, mas, quando você encontra o santo dos santos com o "espírito do mundo ou do encardido", você fica em crise existencial, depressivo, ou seja, sua casa está vazia, você está vazio, porque nada além de Jesus pode preencher esse lugar, percebe? É isso que os cristãos chamam de conversão ou mudança de vida, deixar se transformar num novo Cristo. Aí o apóstolo Paulo vai falar: "*Não sou eu que vivo, mas é Cristo que vive em mim*" (Gálatas 2,20)

Continuou o velho:

— É um processo que começa hoje, o tempo favorável, e perdura pelo resto de seus dias. Você se lembra de que eu falei que o homem é "húmus", terra boa? Vou trabalhar com você a parábola do semeador, para você entender como começa esse processo, um processo em que você é a própria terra, conquista você mesmo para Deus, torna-se uma terra boa para Deus. Vou fazer também um paralelo entre essa parábola e a caminhada do povo hebreu quando sai do Egito rumo à terra de Canaã, terra prometida. Mas agora, como o sol já está no meio do céu, está na hora de preparar o almoço. Depois nós continuaremos a conversa.

E ali, enquanto o velho sábio preparava o almoço, o viajante ficou meditando em sua própria história, e sozinho ele cantarolava num *lá, lá, lá* a música que o velho tinha cantado... "Senhor, quem entrará no santuário pra te louvar?"

A SABEDORIA DE DEUS

Depois do almoço, o velho sábio chama o viajante para se assentarem nas sombras do velho ingá a ali poderem continuar o assunto de antes. Após se acomodarem ali mesmo, sentados na beira do riacho, começaram novamente a conversa.

— Sabe, amigo, enquanto estava fazendo o almoço, estava pensando onde deveríamos recomeçar nosso assunto e lembrei-me de que, antes de falar da terra a ser cultivada, precisamos falar das sementes. Esclareceu o velho sábio.

Continuando sua explicação, mencionou que existem muitas sementes caindo na terra, germinando e dando seus frutos.

— Mas, de tudo que já foi esclarecido, eu te pergunto: qual a semente que tem sido cultivada no mundo? Perguntou o velho.

Depois de um pequeno silêncio, o viajante mesmo chegou à conclusão, agora se lembrando da semente boa e da semente ruim, do joio e do trigo, de que, no seu entender, as sementes que têm sido cultivadas eram muito mais a semente de joio do que a semente de trigo.

— Sabe, velho, existem sementes de corrupção, de violência, de depravação, de indiferença, de exclusão, egoísmos, consumismo e todo o tipo de injustiça nascendo por todos os lados; parece até que o mundo está cego e não consegue ver aonde vamos parar, se continuarmos acolhendo tudo como se fosse normal, somente para tirarmos nossas vantagens pessoais. Respondeu o viajante.

— Olhe, amigo, para que haja um nascer de novo, que mencionei anteriormente, um nascer do espírito, um deixar Cristo ser gerado no vazio da nossa existência, é preciso muita renúncia, é preciso deixar de viver como homem velho, com suas paixões enganadoras, e viver como homem novo à estatura de Jesus Cristo, é preciso renunciar a si mesmo, tomar sua cruz e seguir Cristo. Acrescentou o velho sábio.

Após ter dito essas palavras, perguntou:

— O que Jesus fez com sua cruz?

— Ele caminhou até o calvário e lá foi crucificado. Respondeu o viajante.

— E o que aconteceu após sua morte de cruz? Perguntou o velho sábio.

— Bom! Segundo as Escrituras, Ele ressuscitou no terceiro dia. Respondeu o viajante.

E, abrindo a Bíblia, que havia levado consigo, o velho sábio leu para o viajante:

— *"Padeceu a morte em sua carne, mas foi vivificado quanto ao espírito"*[54]; *"Porventura não era necessário que Cristo sofresse estas coisas e assim entrasse na sua glória"*[55].

Acrescentou o velho:

— Olhe, amigo, para nascer de novo, como disse Jesus a Nicodemos, é necessário olharmos ou discernirmos quais as sementes que estamos cultivando em nossa "terra boa", temos que discernir qual espírito está jogando sementes. E, abrindo novamente sua Bíblia, acrescentou:

> Irmãos, pela misericórdia de Deus, peço que vocês ofereçam os próprios corpos como sacrifício vivo, santo e agradável a Deus. Esse é o culto autêntico de vocês. Não se amoldem às estruturas deste mundo, mas transformem-se pela renovação espiritual da inteligência, a fim de distinguir qual é a vontade de Deus: o que é bom, o que é agradável a ele, o que é perfeito.[56]

> Se vocês foram ressuscitados com Cristo, procurem as coisas do alto, onde Cristo está sentado à direita de Deus. Pensem nas coisas do alto, e não nas coisas da terra. Vocês estão mortos, e a vida de vocês está escondida com Cristo em Deus. Quando Cristo se manifestar, ele

---

[54] 1Pd. 3,18b.
[55] Lc. 24,26.
[56] Rm. 12,1-2.

que é a nossa vida, então vocês também se manifestarão com ele na glória. Façam morrer aquilo que em vocês pertence à terra: fornicação, impureza, paixão, desejos maus e a cobiça de possuir, que é uma idolatria. Isso é o que atrai a ira de Deus sobre os rebeldes. Outrora, também vocês eram assim, quando viviam entre eles. Agora, porém, abandonem tudo isso: ira, raiva, maldade, maledicência e palavras obscenas, que saem da boca de vocês. Não mintam uns aos outros. De fato, vocês foram despojados do homem velho e de suas ações, e se revestiram do homem novo que, através do conhecimento, vai se renovando à imagem de seu Criador. E aí já não há grego nem judeu, circunciso ou incircunciso, estrangeiro ou bárbaro, escravo ou livre, mas apenas Cristo, que é tudo em todos. Como escolhidos de Deus, santos e amados, vistam-se de sentimentos de compaixão, bondade, humildade, mansidão, paciência. Suportem-se uns aos outros e se perdoem mutuamente, sempre que tiverem queixa contra alguém. Cada um perdoe o outro, do mesmo modo que o Senhor perdoou vocês. E acima de tudo, vistam-se com o amor, que é o laço da perfeição. Que a paz de Cristo reine no coração de vocês. Para essa paz vocês foram chamados, como membros de um mesmo corpo. Sejam também agradecidos. Que a palavra de Cristo permaneça em vocês com toda a sua riqueza, de modo que possam instruir-se e aconselhar-se mutuamente com toda a sabedoria. Inspirados pela graça, cantem a Deus, de todo o coração, salmos, hinos e cânticos espirituais. E tudo o que vocês fizerem através de palavras ou ações, o façam em nome do Senhor Jesus, dando graças a Deus Pai por meio dele.[57]

Fiquem sempre alegres no Senhor! Repito: fiquem alegres! Que a bondade de vocês seja notada por todos. O Senhor está próximo. Não se inquietem com nada. Apresentem a Deus todas as necessidades de vocês através da oração e da súplica, em ação de graças. Então a paz de Deus, que ultrapassa toda compreensão, guardará em Jesus Cristo os corações e pensamentos de vocês. Finalmente, irmãos, ocupem-se com tudo o que é verdadeiro, nobre, justo, puro, amável, honroso, virtuoso, ou que de algum modo mereça louvor. Pratiquem tudo

[57] Col. 3,1-17.

> o que vocês aprenderam e receberam como herança, o que ouviram e observaram como herança, o que ouviram e observaram em mim. Então o Deus da paz estará com vocês.[58]

Então disse o velho sábio:

— O nascer de novo é fruto da graça de Deus, mas o querer e o manter-se nesse caminho depende também da nossa vontade, entendeu? Você se lembra de quando eu falei que é preciso amarrar o camelo? Jesus veio para nos dar vida em abundância, para nos salvar, mas nós precisamos fazer a nossa parte; caso contrário, ele não pode fazer nada por nós.

Acrescentou:

— O que adianta nós pedirmos na oração do Pai Nosso "Venha a nós o vosso reino", se nós não permitimos que esse reino se instale? Nós pedimos "Venha, Espírito Santo, e renove a face da terra", mas não consentimos que Ele nos renove, e tudo que Ele nos fala por meio das gerações nós acreditamos que é para os outros. Olhe, meu amigo, a face da terra precisa ser renovada, começando em mim, e, pela minha renovação no Espírito de Deus, é que acontece de outros também serem renovados: é preciso lançar sementes novas. Quais as sementes que você tem cultivado e deixado para as futuras gerações? Para seus filhos, seus netos? Perguntou o velho.

— Nós rezamos e pedimos sempre "Livra-nos do mal", mas na verdade não nos afastamos dele. Acrescentou.

— Éh! Pelo que parece, não existe meio-termo. Acrescentou o viajante, e num tom de questionamento perguntou:

— É tudo ou nada? Parece com o que aquele filósofo alemão falou: é tudo ou nada, não dá para ser meio-termo, ser cristão até um certo ponto. E, segundo ele, a indecisão é que nos provoca angústias.

— Você está falando de Kierkegaard? Perguntou o velho.

— É dele, sim. Respondeu o viajante.

— Antes de chegar até aqui, eu também li sobre o pensamento de alguns filósofos, talvez tentando encontrar a minha própria forma de pensar.

---

[58] Fil. 4,4-9.

— Isso é muito bom, é sinal de que você esteve sempre procurando resolver os problemas de sua existência. Concordou o velho sábio.

E, nesse ponto, acrescentou o velho sábio:

— Kierkegaard tinha razão, ele não concordava com o posicionamento dos "cristãos" de sua época e, assim como Nietzsche, ele também previu a perda dos valores e princípios pela qual a humanidade passaria, ele também previu muita solidão, desesperos e angústias, exatamente pela falta de uma decisão corajosa, uma decisão verdadeira, que, segundo ele, causaria muito desequilíbrio na humanidade.

Søren Kierkegaard nasceu em Copenhague, Alemanha, em 1813, e foi criado dentro da religião luterana. Foi o último de sete irmãos. Com 17 anos começou a estudar Teologia, mas logo foi se interessando por questões filosóficas. Doutorou-se aos 28 anos com a tese "O conceito da ironia em Sócrates". Seu pensamento não nasce do contato e da oposição aos outros pensadores, tem sua fonte principal na própria existência, exteriormente muito simples e comum, mas interiormente muito intensa e agitada. Há em sua vida três episódios que marcaram profundamente sua existência: a revelação do pecado do pai (amaldiçoou Deus); o rompimento do noivado com Regina Olsen; e a luta contra o cristianismo oficial de seu país.

Kierkegaard tornou-se um crítico severo de toda a cultura europeia. Dizia que toda a Europa estava a caminho da bancarrota. Achava que os tempos em que vivia eram totalmente destituídos de paixão e engajamento, e criticava duramente a atitude tépida e frouxa da Igreja, chamando-a de "Igreja de domingo".

Para ele, o cristianismo era ao mesmo tempo tão avassalador e tão adverso à razão que só poderia ser "ou isto, ou aquilo". Ele não achava possível ser "um pouco cristão", ou então "cristão até certo ponto", porque ou Jesus Cristo tinha ressuscitado no domingo de Páscoa, ou não. E, se ele realmente tivesse levantado dos mortos, isso seria algo tão avassalador que teria necessariamente de marcar toda a nossa vida.

Para Kierkegaard, a Igreja e a maioria dos cristãos de seu tempo tinham uma posição extremamente evasiva em relação às questões religiosas, tinham reduzido o cristianismo a pura exterioridade, a mero formalismo. Religião e razão eram, para ele, como fogo e água.

Achava que não bastava achar "verdadeiro" o cristianismo. Ter uma fé cristã significava seguir os passos de Jesus. A fé cristã, afirma ele, inclui o risco, a interioridade, o sofrimento.

O humanismo feuerbachiano e marxista é intrinsecamente ateu. O ateísmo é sua condição, é quase estrutura. Suprime-se Deus para que exista o homem. O homem total não pode realizar-se enquanto um Deus o cria, domina-o, julga-o. Deus é negado não porque faltem argumentos para provar sua existência, mas porque — existindo Ele — não poderia existir plenamente o homem.

Diferentemente desses pensadores, Kierkegaard acreditava que a plenitude do homem só é realizada em Deus, não um Deus institucional de "domingo", mas no seguimento dos passos do verdadeiro Deus. Não dava para responder de uma maneira geral sobre o homem, pois sua concepção era individualista, não estava interessado numa descrição genérica da natureza ou do "ser" humano. Para ele, o que era de mais importante era a existência de cada um, como um "ser" único. Para ele, o homem só experimenta sua existência quando age, sobretudo quando faz sua escolha é que se relaciona com sua própria existência. A verdade era subjetiva, não no sentido de que é totalmente indiferente o que pensamos ou aquilo em que acreditamos. Kierkegaard só queria dizer que as verdades realmente importantes são pessoais. Somente tais verdades são "verdades para mim", são verdades para cada um.

Essa singularidade é uma conquista difícil. A maior parte dos homens são somente "eus", por assim dizer, refreados em si mesmos. Em lugar de tornarem-se verdadeiros "eus", transformam-se numa terceira pessoa genérica. Não são mais eles que pensam e agem, mas um outro indefinido, uma espécie de "se" universal e impessoal. Diz-se, faz-se, morre-se etc.

Por isso convida à coragem de: "ousarmos ser nós próprios, ousar ser um indivíduo, não um qualquer, mas este que somos, só em face de Deus, isolado na imensidade de seu esforço e da sua responsabilidade. E isso importa em luta e sofrimento. Ninguém é ele mesmo, sem querer sê-lo em sua liberdade. Mas a liberdade não é sem angústia. A angústia é como a vertigem diante de um abismo: diante do que não é e poderia ser. A angústia dos primeiros pais diante da solicitação da serpente: a angústia de Abraão diante da ordem de Deus. Ninguém pode escapar à angústia, porque ninguém existe sem optar, escolher livremente, e existir é esse mesmo optar e escolher. E a angústia é o sentimento que acompanha toda escolha, sobretudo as grandes escolhas".

Ele vai falar do homem como um ser à procura de si mesmo, um ser frustrado existencialmente, um ser de conflitos, angústias e desesperos.

O desespero humano, ou seja, a doença para a morte, doença mortal, trata do desespero como frustração do projeto existencial. Um ser que ainda não é, precisa tornar-se, e pode errar o caminho, perder-se e cair no desespero. Desesperar é duvidar de tudo, de si mesmo, de Deus e de todo o mundo. Diferente da falta de esperança, ausência de expectativas ou de saídas. Desespero é não acreditar em mais nada, por duvidar de tudo, incluindo de mim mesmo, de meu valor como pessoa, de minha dignidade ou de meu valor eterno.

Ao descrever as formas de desespero, frustração, Kierkegaard estabelece uma Antropologia de método negativo, na qual a ideia que ele oculta ironicamente é a da realização plena do homem, difícil, mas sempre possível, na atitude definitiva da fé. A fé é aquele estado em que o homem se encontra quando o desespero foi extirpado.

Uma das escolhas que todo o homem deve fazer continuamente é de ser ou não ser ele próprio. Em ambos os casos, experimenta-se o desespero. O desespero de quem não quer ser ele próprio é o desespero de fraqueza. O desespero em que pretendemos ser nós próprios exige a consciência de um eu infinito.

Na obra sobre *O desespero humano*, declara que o homem descobre o segredo da libertação do desespero e o caminho da verdade e santidade só quando: "orienta-se para si próprio, querendo ser ele próprio, ***o eu mergulha, através da sua própria transparência, até o poder que o criou***". Mergulhado em seu próprio eu, o homem depara-se em suas profundezas com a divindade que o criou e que lhe é mais íntima que a sua própria personalidade.

No princípio, sua angústia é exatamente extirpar o poder que o criou para ser ele próprio, e finalmente ele compreende que aquele que o criou não deve morrer para que se salve a dignidade do homem, mas o homem existe autenticamente só na condição de reconhecer a Deus em si, porque só assim ele consegue ser ele próprio.

Uma questão importante para ele, por exemplo, é a de se saber se o cristianismo é verdade. Não é uma questão para ser encarada do ponto de vista teórico ou acadêmico. Para alguém que se entende como algo que existe, trata-se aqui de vida ou morte. E isso não se discute simplesmente porque se gosta de discutir. Trata-se de algo que deve ser abordado com absoluta paixão.

Para ele, é preciso distinguir a questão filosófica de saber se Deus existe e a relação do indivíduo para com essa mesma questão. Trata-se aqui de questões com as quais cada um tem de se confrontar sozinho. São questões que só podemos abordar por meio da fé, o que não pode ser considerado do ponto de vista da razão. E a fé assume importância maior quando se trata de questões religiosas. Kierkegaard acha que, se quero entender Deus objetivamente, isso significa que eu não creio; e precisamente porque não posso entendê-lo objetivamente é que preciso crer.

Assim, se quero preservar minha fé, preciso estar sempre atento para não me esquecer de que estou na incerteza objetiva, e ainda assim, creio. O entender e sentir Deus é algo subjetivo, representação fenomênica de cada ser, individualmente falando.

Quando nos envolvemos com tais provas de existência de Deus ou com tais argumentos racionais, perdemos nossa fé e, com ela, nosso fervor religioso. Isso porque o fundamental não é saber se o cristianismo é verdadeiro, mas se é verdadeiro para mim.

Kierkegaard entendia, então, por "existência" "verdade subjetiva" e "fé". Chegando a esses conceitos por meio da crítica à tradição filosófica, sobretudo de Hegel.

Para ele, a maioria das pessoas se relaciona de maneira inconsequente com a vida, o que o leva à teoria sobre os **três estágios na trajetória da vida: ESTÉTICO, ÉTICO e RELIGIOSO**.

No estágio ESTÉTICO, vive-se o momento e visa-se sempre ao prazer. Bom é aquilo que é belo, simpático ou agradável. Desse ponto de vista, tal pessoa vive inteiramente no mundo dos sentidos. O esteta acaba virando joguete de seus próprios prazeres e estado de ânimo. Negativo é tudo aquilo que aborrece, que "não é legal", que desmascara, que afronta. Quem vive nesse estágio está sujeito a sentimentos de medo e a sensações de vazio.

No estágio ÉTICO, cansado do estágio anterior, por medo ou vazio, e até mesmo por angústias existenciais, ele decide saltar de uma visão do mundo estético para o ético. Esse estágio é marcado pela seriedade e por decisões consistentes, tomadas segundo padrões morais. O essencial é a decisão de se posicionar em relação ao que é certo e ao que é errado, uma luta por suas próprias forças e razões.

No estágio RELIGIOSO, ousa-se o grande salto rumo à fé. Prefere-se a fé ao prazer estético e aos mandamentos da razão; e, assim, reconcilia-se com sua própria vida. O estágio religioso era o próprio cristianismo. O cristianismo, para ele, era antes de tudo a aceitação de Cristo, que é Paradoxo, Escândalo e Loucura. Enquanto tal, o cristianismo é sofrimento, inquietação e angústia, temor e tremor. Criticando a Igreja de então, declarou: "se nós somos cristãos, isto significa que o cristianismo não existe, escrevia nos últimos meses de sua vida, querendo dizer com isso que, se o cristianismo era aquilo que se praticavam, o cristianismo estava morto. Qualquer que fosse o motivo, o Cristo de Kierkegaard é o Cristo crucificado, e sua religião é crucificante.

— Como o amigo velho sabe tanto da vida desse filósofo? Perguntou o viajante.

— É porque, na condição de um angustiado, de alguém que também pensa sobre a atual maneira morna de "ser cristão", já li muito sobre ele e seus pensamentos, ele é conhecido como o pai do existencialismo, e também como o filósofo da angústia. E, de certa forma, concordo em muitos pontos com sua filosofia. Acrescentou o velho.

— Mas deixe isso para lá, vamos voltar ao ponto onde paramos. Retrucou o velho.

— Todas as passagens das Sagradas Escrituras são muito claras: é necessário renunciar a nós mesmos e seguir Jesus, é necessário não nos amoldarmos às estruturas deste século, ou deste mundo secularizado, mas transformarmo-nos pela renovação espiritual da inteligência e todas as outras renúncias.

— O meio-termo, o morno, não serve para ser cristão, ou você é cristão quando você acredita que precisa de Jesus Cristo para resgatar o seu próprio Eu e estar com ele um dia na casa do Pai, ou vai ser outra coisa, e, neste caso, pare de falar que é cristão. **Nós estamos banalizando o sagrado** com nossas atitudes de mornos, de quase, estamos criando um cristianismo de acordo com os moldes deste mundo, um cristianismo de acordo com as nossas conveniências, não estamos agindo de acordo com os princípios cristãos, e sim pelos resultados que nossas ações nos proporcionam. Nossas decisões não são baseadas nos princípios, e sim nos resultados.

E abrindo novamente sua Bíblia, o velho acrescentou:

> Escreva de Laodicéia. Assim diz o Amém, a Testemunha fiel e verdadeira, o Princípio da criação de Deus: Conheço sua conduta: você não é frio nem quente. Quem dera que fosse frio ou quente! Porque é morno, nem frio nem quente, estou para vomitar você da minha boca. Você diz: Sou rico! E agora que sou rico, não preciso de mais nada. Pois então escute: Você é infeliz, miserável, pobre, cego e nu. E nem sabe disso. Quer um Conselho? Quer mesmo ficar rico? Então compre o meu ouro, ouro puro, derretido no fogo. Quer se vestir bem? Compre minhas roupas brancas, para cobrir a vergonha da sua nudez. Está querendo enxergar? Pois eu tenho o colírio para seus olhos. Quanto a mim, repreendo e educo todos aqueles que amo. Portanto, seja fervoroso e mude de vida! Já estou chegando e batendo à porta. Quem ouvir minha voz e abrir a porta, eu entro em sua casa e janto com ele, e ele comigo. Ao vencedor, darei um prêmio: vai sentar-se comigo no meu trono, como também eu venci, e estou sentado com meu Pai no trono dele. Quem tem ouvidos, ouça o que o Espírito diz às igrejas.[59]

Acrescentou o velho sábio:

— Tem ainda uma outra estória que gostaria de te contar, para o amigo entender melhor o que estou querendo dizer:

> Era uma tarde bela e ensolarada. As águas deslizavam rápidas e impetuosas correnteza abaixo em direção à gigantesca cachoeira do Niágara. De repente, uma águia desceu das alturas e fincou suas garras sobre um bezerro que era carregado pelas águas do violento rio. Aquela gigante do espaço, senhora das alturas, devorava sua presa sem qualquer preocupação com o turbilhão efervescente que se aproximava. Confiante na enorme

---

[59] Ap. 3,14-22.

força de suas asas e na destreza de seu voo, acomodou-se prazerosamente, degustando seu cardápio. Mas, de repente, a rainha do espaço caiu no precipício, foi engolfada pela torrente, cedeu à força das águas e foi esmagada implacavelmente, sem poder reagir. Poderia ter alçado voo antes da queda; poderia ter visto o perigo mortal com antecedência; poderia ter evitado aquela tragédia. Mas morreu. Morreu porque deixou para depois; morreu porque não agiu no tempo certo. Esteve quase salva, porém viu-se fatalmente perdida.[60]

Há muitas coisas na vida que, quando estão quase feitas, não estão feitas de modo algum. Um viajante que quase chega ao aeroporto na hora do embarque, quer dizer que não chegou a tempo de embarcar e perdeu o avião. Um jovem prepara-se com afinco para os exames de vestibular, debruça-se sobre os livros, atravessa noite sem dormir num trabalho intenso, faz a prova e, no final, sai o resultado: o jovem quase passou no exame, porém ficou reprovado. Um general que quase ganhou uma batalha, perdeu-a; um boxeador que quase ganhou a luta, foi derrotado. Quase é a confissão de derrota, com a esperança de vitória mantida até o fim. Quando se trata das circunstâncias ordinárias da vida, o mal muitas vezes pode ser reparado: o viajante atrasado pode embarcar no voo seguinte; o estudante pode ter êxito no próximo vestibular; o general pode reestruturar sua estratégia, reforçar sua tropa e triunfar sobre o adversário no próximo embate. Mas há ocasiões em que o quase é irreparável. É que nas questões da vida ou morte não há quase; só há duas categorias: os que vivem e os que morrem.[61]

Acrescentou o velho sábio:

— Dito isso, às vezes vivemos uma vida de *quase bons(as) filhos(as), quase bons comerciantes, quase bons esposos e/ou esposas, quase bons amigos, e, como não poderia deixar de ser, quase bons cristãos*, por falta de esclarecimento a respeito daquilo que somos e cremos, e, para vivermos neste mundo, precisamos deixar a semente certa germinar na "terra boa" e dar bons frutos: somente assim pode-

---

[60] LOPES, Hernandes Dias. *Quase salvo*: porém fatalmente perdido. 3. ed. Vitória: Cultura Cristã, 1996. p. 15.
[61] *Ibidem*, p. 25-26.

remos, neste mundo de tantos conflitos, educar nossos filhos e deixar para as futuras gerações um mundo melhor, um novo céu e uma nova terra. Caso contrário, um dia vamos chegar diante de Jesus e dizer a Ele: "Senhor, fizemos isso e aquilo em seu nome". E, para surpresa nossa, Ele responderá: "Afasta-te de mim, pois eu não te conheço".

— Mas e as sementes? Perguntou o viajante.

— Pois bem, vamos lá. Disse o velho sábio.

— As sementes aqui são as palavras de vida eterna que o Espírito Santo vai plasmar, fincar em nosso coração.

Acrescentou, citando as escrituras:

— "*A aliança que eu farei com Israel depois desses dias é a seguinte – Oráculo de Javé: Colocarei minha lei em seu peito e a escreverei em seu coração; eu serei o Deus deles, e eles serão o meu povo*"[62].

— As sementes são a própria sabedoria de Deus, não uma sabedoria ensinada pelos homens, mas o próprio Deus vai ensinando, à medida que nos entregamos para uma renovação espiritual da inteligência, para uma renovação da nossa mente, para sabermos o que é bom e agradável a seus olhos.

— Você imagina que, depois de terem os discípulos passados três anos com Jesus, o melhor professor de Teologia, vamos assim dizer, deveriam ter aprendido tudo, ter se tornado grandes mestres, certo? Acrescentou o velho sábio.

— Mas não foi isso que aconteceu? Eles até escreveram os Evangelhos e algumas cartas, não foi? Perguntou o viajante.

— Não foi bem assim que tudo aconteceu. Acrescentou o velho sábio, e, pegando novamente sua Bíblia, leu para o viajante:

> Jesus continuou dizendo: 'Não fique perturbado o coração de vocês. Acreditem em Deus e acreditem também em mim. Existem muitas moradas na casa de meu Pai. Se não fosse assim, eu lhes teria dito, porque vou preparar um lugar para vocês. E quando eu for e lhes tiver preparado um lugar, voltarei e levarei vocês comigo, para que onde eu estiver, estejam vocês também. E para onde eu vou, vocês já conhecem o caminho'. Tomé disse a Jesus: 'Senhor, nós não sabemos para onde vais; como

---

[62] Jer. 31,33.

> podemos conhecer o caminho?' Jesus respondeu: "Eu sou o Caminho, a Verdade e a Vida. Ninguém vai ao Pai senão por mim. Se vocês me conhecem, conhecerão também o meu Pai. Desde agora vocês o conhecem e já o viram". Filipe disse a Jesus: "Senhor, mostra-nos o Pai e isso basta para nós". Jesus respondeu: "Faz tanto tempo que estou no meio de vocês, e ainda não me conhece, Filipe? Quem me viu, viu o Pai. Como é que você diz: Mostra-nos o Pai? Você não acredita que eu estou no Pai, e que o Pai está em mim? As palavras que digo a vocês, não as digo por mim mesmo, mas o Pai que permanece em mim, ele é que realiza suas obras.[63]

Acrescentou o velho sábio:

— Essa passagem é a última ceia. Depois de três anos que Jesus estava com os discípulos por ele mesmo escolhidos, tem com eles o seu último encontro. Vamos imaginar que, em sua última aula de teologia, para surpresa do Mestre, os discípulos pareciam não ter entendido tudo. Mas vamos por parte. Observe: depois que Jesus disse que iria para a casa do Pai e que esperava que eles o seguissem, qual foi a pergunta de Tomé?

— "Senhor, não sabemos para onde vais, como podemos conhecer o caminho?" Respondeu o viajante.

— Pois bem, essa foi a primeira pergunta, perdoe-me a expressão, idiota de alguém que tinha passado três anos com o melhor professor e ainda não tinha entendido nada, apesar de terem presenciado todos os tipos de milagres, cura de leprosos, cura de cegos, coxos, presenciarem a ressurreição de Lázaro, do filho de viúva de Naim, de Talita, filha de Jairo, e parece que estava faltando alguma coisa. Comentou o velho sábio e acrescentou:

— O que foi que Filipe pediu a Jesus?

— "Senhor, mostra-nos o Pai e isso basta para nós". Respondeu o viajante.

— E qual foi a resposta de Jesus para Filipe? Perguntou o velho.

— "Faz tanto tempo que estou no meio de vocês e você ainda não me conhece Filipe?" Respondeu o viajante.

---

[63] João 14,1-10.

— Imagine a decepção do professor, na sua última ceia, ou última aula, os alunos não terem compreendido o caminho e não terem percebido o Pai. O que estava faltando para aqueles alunos tão bem escolhidos pelo próprio Mestre?

E, sem esperar alguma resposta do viajante, o velho continuou, agora se referindo novamente ao Evangelho:

> Se vocês me amam, obedecerão aos meus mandamentos. Então, eu pedirei ao Pai, e ele dará a vocês outro Advogado, para que permaneça com vocês para sempre. Ele é o Espírito da Verdade, que o mundo não pode acolher, porque não o vê, nem o conhece.[64]
>
> Mas o advogado, o Espírito Santo, que o Pai vai enviar em meu nome, ele **ensinará a vocês todas as coisas** e fará vocês lembrarem tudo o que eu lhes disse.[65]
>
> O Advogado, que eu mandarei para vocês de junto do Pai, é o Espírito da Verdade que procede do Pai. Quando ele vier, dará testemunho de mim. Vocês também darão testemunho de mim, porque vocês estão comigo desde o começo.[66]
>
> Ainda tenho muitas coisas para dizer, mas agora **vocês não seriam capazes de suportar. Quando vier o Espírito da Verdade, ele encaminhará vocês para toda a verdade,** porque o Espírito não falará em seu próprio nome, mas dirá o que escutou e anunciará para vocês as coisas que vão acontecer. O Espírito da verdade manifestará a minha glória, porque ele vai receber daquilo que é meu e **o interpretará** para vocês. Tudo o que pertence ao Pai, é meu também. Por isso é que eu disse: O Espírito vai receber daquilo que é meu, e o **interpretará** para vocês.[67]

— Você percebe agora, amigo, o que estava faltando aos discípulos de Jesus para compreenderem a profundidade de seus ensinamentos? Perguntou o velho sábio.

---

[64] João 14,15-17.
[65] João 14,26, grifo nosso.
[66] João 15,26-27.
[67] João 16,12-15, grifo nosso.

— Éh! Deu para perceber. Respondeu o viajante.

— Estava faltando exatamente o cumprimento da promessa do Pai anunciada pelos profetas, o poder do Espírito Santo para eles interpretarem as palavras de Jesus. Acrescentou o viajante.

— É exatamente isso. Respondeu o velho sábio.

— A semente é a palavra de Jesus; mas quem vai dar profundidade na palavra ou fazer com que ela se torne viva é exatamente o Espírito Santo, e, uma vez que essa palavra se torne viva, ela não é mais simplesmente uma palavra, mas é o próprio verbo encarnando-se em nós, é Ele quem vai fazer com que o verbo divino se torne carne no nosso coração, entendeu? É por isso que a promessa do Velho Testamento, por meio dos profetas, era de escrever em nosso coração a palavra de Deus, a vontade de Deus, infundir em nosso coração o próprio Cristo, fazer com que essas palavras se tornem viva "in persona Cristi". Acrescentou o velho.

— Mas vamos ver o que fala Paulo em uma de suas cartas:

> Irmãos, eu mesmo, quando fui ao encontro de vocês, não me apresentei com o prestígio da oratória ou da sabedoria, para anunciar-lhes o mistério de Deus. Entre vocês, eu não quis saber outra coisa a não ser Jesus Cristo, e Jesus Cristo crucificado. Estive no meio de vocês cheio de fraqueza, receio e tremor; minha palavra e minha pregação não tinham brilho nem artifícios para seduzir os ouvintes, mas a demonstração residia no poder do Espírito, para que vocês acreditassem, não por causa da sabedoria dos homens, mas por causa do poder de Deus. Na realidade, é aos maduros na fé que falamos de uma sabedoria que não foi dada por este mundo, nem pelas autoridades passageiras deste mundo. Ensinamos uma coisa misteriosa e escondida: a sabedoria de Deus, aquela que ele projetou desde o princípio do mundo para nos levar à sua glória. Nenhuma autoridade do mundo conheceu tal sabedoria, pois se a tivessem conhecido não teriam crucificado o Senhor da glória. Mas como diz a Escritura: '**o que os olhos não viram, os ouvidos não ouviram e o coração do homem não percebeu, foi isso que Deus preparou para aqueles que o amam**". Deus porém, o revelou a nós pelo Espírito. Pois o Espírito sonda todas as coisas, até mesmo as profundidades de Deus. Quem conhece a

fundo a vida íntima do homem é o espírito do homem que está dentro dele. Da mesma forma, **só o Espírito de Deus** conhece o que está em Deus. Quanto a nós, **não recebemos o espírito do mundo, mas o Espírito que vem de Deus, para conhecermos os dons da graça de Deus.** Para falar desses dons, não usamos a linguagem ensinada pela sabedoria humana, mas a linguagem que o Espírito ensina, falando de realidades espirituais em termos espirituais. Fechado em si mesmo, o homem não aceita o que vem do Espírito de Deus. É uma loucura para ele, e não pode compreender, porque são coisas que devem ser avaliadas espiritualmente.[68]

No meu primeiro livro, ó Teófilo, já tratei de tudo o que Jesus começou a fazer e ensinar, desde o princípio, até o dia em que foi levado para o céu. Antes disso, ele deu instruções aos apóstolos que escolhera, movido pelo Espírito Santo.

Foi aos apóstolos que Jesus, com numerosas provas, se mostrou vivo depois da sua paixão: durante quarenta dias apareceu a eles, e falou-lhes do Reino de Deus. Estando com os apóstolos numa refeição, Jesus deu-lhes esta ordem: 'Não se afastem de Jerusalém. Esperem que se realize a promessa do Pai, da qual vocês ouviram falar: João batizou com água; vocês, porém, dentro de poucos dias, serão batizados com o **Espírito Santo**. Então os que estavam reunidos perguntaram a Jesus: 'Senhor, é agora que vais restaurar o reino de Israel?' Jesus respondeu: 'Não cabe a vocês saber os tempos e as datas que o Pai reservou à sua própria autoridade. Mas o Espírito Santo descerá sobre vocês, e dele receberão força para serem as minhas testemunhas em Jerusalém, em toda a Judéia e Samaria, e até os extremos da terra.[69]

— Vamos agora dar uma olhada nos discípulos de Jesus, depois que o Espírito Santo foi derramado em Pentecostes. Acrescentou o velho sábio.

— O que aconteceu com Pedro e os demais depois de terem recebido o Espírito Santo? Pedro não mais negou Jesus; muito pelo contrário, mesmo perseguido, orava ao Pai e pedia que lhe desse

---

[68] 1Cor. 2,1-14, grifo nosso.
[69] Atos 1,1-8.

poder para anunciar com ousadia o Evangelho de Jesus e testemunhá-lo até os confins da terra. Continuou o velho:

> Quando chegou o dia de Pentecostes, todos eles estavam reunidos no mesmo lugar. De repente, veio do céu um barulho como o sopro de um forte vendaval, e encheu a casa onde eles se encontravam. Apareceram então umas como línguas de fogo, que se espalharam e foram pousar sobre cada um deles. Todos ficaram repletos do Espírito Santo, e começaram a falar em outras línguas, conforme o Espírito lhes concedia que falassem.[70]

> Deus ressuscitou a este Jesus, E nós todos somos testemunhas disso, Ele foi exaltado à direita de Deus, recebeu do Pai o Espírito prometido e o derramou: é o que vocês estão vendo e ouvindo.[71]

> Quando ouviram isso, todos ficaram de coração aflito e perguntaram a Pedro e aos outros discípulos: "Irmãos, o que devemos fazer? Pedro respondeu: "Arrependam-se, e cada um de vocês seja batizado em nome de Jesus Cristo, para o perdão dos pecados; depois vocês receberão do Pai o dom do Espírito Santo. Pois a promessa é em favor de vocês e de seus filhos, e para todos aqueles que o Senhor nosso Deus chamar". Com muitas outras palavras, Pedro lhes dava testemunho e exortava, dizendo: "Salvem-se dessa gente corrompida". Os que acolheram a palavra de Pedro receberam o batismo. E nesse dia uniram-se a eles cerca de três mil pessoas. Eram perseverantes em ouvir o ensinamento dos apóstolos, na comunhão fraterna, no partir do pão e nas orações. Em todos eles havia temor, por causa dos numerosos prodígios e sinais que os apóstolos realizavam. Todos os que abraçaram a fé eram unidos e colocavam em comum todas as coisas; vendiam suas propriedades e seus bens e repartiam o dinheiro entre todos, conforme a necessidade de cada um. Diariamente, todos juntos frequentavam o Templo e nas casas partiam o pão, tomando alimento com alegria e simplicidade de coração. Louvavam a Deus e eram estimados, por todo o povo. E a cada dia o Senhor acrescentava à comunidade outras pessoas que iam aceitando a salvação.[72]

---

[70] Atos 2,1-4.
[71] Atos 2,33.
[72] Atos 2,37-47.

> Então Pedro, cheio do Espírito Santo falou para eles: Não existe salvação em nenhum outro, pois debaixo do céu não existe outro nome dado aos homens, pelo qual possamos ser salvos.[73]
>
> Força para o testemunho – Logo que foram postos em liberdade, Pedro e João voltaram para junto dos irmãos e contaram tudo o que os chefes dos sacerdotes e os anciãos haviam dito. Ao ouvir o relato, todos elevaram a voz a Deus, dizendo: "Senhor, tu criaste o céu, a terra, o mar e tudo que existe neles. Por meio do Espírito Santo disseste através do teu servo Davi, nosso pai: 'Por que se amotinam as nações, e os povos planejam em vão? Os reis da terra se insurgem e os príncipes conspiram unidos contra o Senhor e contra o seu Messias. Foi o que aconteceu nesta cidade: Herodes e Pôncio Pilatos se uniram com os pagãos e os povos de Israel contra Jesus, teu santo servo, a quem ungiste, a fim de executarem tudo o que a tua mão e a tua vontade tinham predeterminado que sucedesse. Agora, Senhor, olha as ameaças que fazem e concede que os teus servos anunciem corajosamente a tua palavra. Estende a mão para que se realizem curas, sinais e prodígios por meio do nome do teu santo servo Jesus. Quando terminaram a oração, estremeceu o lugar em que estavam reunidos. Todos, então, ficaram cheios do Espírito Santo e, com coragem, anunciavam a palavra de Deus.[74]

— O que aconteceu àquele Pedro que negou Jesus? Perguntou o velho sábio.

— Agora é outro Pedro, nascido pela força do batismo do Espírito Santo. Respondeu o viajante.

Acrescentou:

— O que é interessante é que, mesmo açoitado e preso, ele não volta atrás, ele pede novamente a força e o poder do Espírito para anunciar ousadamente o Evangelho e fazer curas, milagres e prodígios, em nome de Jesus Cristo. É impressionante. Exclamou o viajante.

---

[73] Atos 4,8-12.
[74] Atos 4,8-31.

— Como eu não tinha visto isso antes? Como ninguém havia me mostrado todo esse milagre que acontece na Igreja de Cristo?

— Calma. Respondeu o velho.

— Ainda temos muitas outras coisas a serem esclarecidas. O momento agora é do amigo e de Deus. Você precisa meditar sobre tudo o que já foi esclarecido e tomar sua verdadeira decisão. Você precisa pedir a Deus a graça do batismo do Espírito Santo, que a verdadeira semente de sabedoria de Deus germine no mais profundo do seu ser, que Jesus seja gerado em seu coração; precisa renunciar o homem velho, com suas paixões enganadoras, pedir perdão de seus pecados e rogar ao Pai que te abençoe com todas as bênçãos necessárias para a sua caminhada, e, caso você já seja batizado, peça que *"reavive o dom de Deus que está em você"*[75].

Nesse momento, o velho afastou-se e deixou o viajante sozinho meditando sobre sua própria vida. Mas, quando estava se afastando, lembrou-se de uma estória e voltou para contá-la para o amigo viajante.

Continuou o velho:

— Olhe amigo, estava aqui me lembrando de uma estória que vai ajudar na sua decisão:

> Dizem que tinha um homem que, quando ia para o trabalho, passava todos os dias na porta de uma casa, e lá, para sua curiosidade, tinha o cachorro deitado e gemendo. E assim, acontecia todos os dias, a qualquer hora que ele passasse, de manhã, na hora do almoço, à tarde, todos os dias o cachorro deitado e gemendo. Depois de mais ou menos uns vinte dias, já muito curioso, ao passar de frente a casa, lá estava o seu proprietário, e não se contendo de sua curiosidade exclamou... Senhor eu não tenho nada com isso e sei também que não é da minha conta, mas todas as vezes que passo por aqui, este cachorro está deitado e gemendo, o que aconteceu com ele? E, para surpresa sua, o proprietário lhe responde: olha moço é porque ali onde ele está deitado tem uma tábua, e, nesta tábua tem um prego. E mais curioso ainda indaga o passante: mas se ele está deitado em cima de um prego por que ele não se levanta? É porque

---
[75] 1Tm. 1,6.

a dor que ele está sentindo foi suficiente para ele gemer, mas não foi suficiente para ele se levantar, respondeu o proprietário.[76]

Depois de algum tempo sozinho, o viajante levanta-se, encontra o velho sábio sentado na cadeira dedilhando uma música no violão, olha para os olhos dele e declara que, a estas alturas, já percebeu que o conhecimento da palavra de Deus com todos os seus mistérios, o dom do Espírito Santo e o caminho de Jesus Cristo, cura-nos, educa-nos, liberta-nos, dá-nos equilíbrio, domínio de nós mesmos, paz, harmonia na nossa família, transforma-nos, converte-nos do mau para o bom caminho, e que o mundo com suas seduções nos oferece caminhos demais, ao passo que a ignorância dessa mesma palavra viva e eficaz faz com que todo tipo de mentira nos engane, que nos seduza com seus falsos prazeres, que nos escravize, que nos cegue espiritualmente e que nos aprisione. Acrescentou ele.

— Agora deu para entender mais ainda o que Jesus veio fazer quando menciona naquela passagem: "abrir os olhos dos cegos, libertar os cativos..."; "quem tem olhos pra ver que veja"; "quem tem ouvidos para ouvir que ouça". Será que merecemos viver num mundo com tanta mentira, com tanta indiferença, com tanta falsidade? Será que querer um colo de pai, um colo de mãe e viver uma verdadeira família é utopia? Será que querer uma sociedade solidária é querer demais? Ele queria, sim, viver e ser cristão de verdade, mesmo sabendo das renúncias que deve fazer.

Respondeu o velho sábio:

— Sabe, amigo, um dia eu, meditando sobre a árvore que poderia dar estas sementes, imaginei que ela só poderia ser a árvore da vida, então comecei a pensar que queria ser um verdadeiro semeador, mas, para isso, eu deveria primeiro conhecer mais sobre essa árvore. Então, na minha maneira de ver as coisas, imaginava que essa árvore não poderia ser uma simples árvore, e que o semeador também não poderia ser um simples semeador: foi aí que em oração pedi ao Senhor que me mostrasse de onde vinham aquelas sementes, mas que me mostrasse também como deveria ser um semeador para ter maior êxito na sua missão.

---

[76] Autor desconhecido.

— De repente, quando percebi, estava contemplando a beleza da criação, e então me deparei com uma árvore muito bonita e florida, cujos galhos frondosos serviam de sombra, aconchego, descanso, amparo, acolhimento e acomodação e até lar para as aves e seus filhotes. Meditando sobre sua existência, lembrei-me de que ela, antes de ser uma maravilhosa e frondosa árvore, fora também apenas uma semente, e que no decorrer de sua vida deveria ter suportado muitos ventos, secas, tempestades e frios.

— O **AMOR** também é assim, pensava. No início é apenas uma semente, mas, quando rompe sua casca e germina, cria força de vida.

— E, em minha meditação, lembrei-me também de que, como peregrino na estrada da vida, muitas vezes já desanimado e fatigado com o peso da minha cruz, lembrava-me de um Homem muito mais forte e importante do que eu, que também um dia teve que suportar o peso de sua cruz. Ele era um homem experimentado na dor, desprezado e rejeitado pelos homens. Homem do sofrimento, maltratado, e, pelos açoites que sofrera, já não tinha aparência nem beleza para atrair nosso olhar. Seu nome é **JESUS**, e, apesar de tudo, tinha nos olhos um brilho de amor eterno que quem viu jamais esquece.

Continuou o velho, agora quase em êxtase:

— Então, quando terminou sua jornada, já pendurado na sua cruz, antes de dizer sua última palavra, entregou-me uma porção de sementes. Eram sementes de **AMOR**. Pediu-me que as distribuísse pelo mundo, levando amor e alegria às pessoas até os confins da terra.

— Algumas eu plantei, outras, como não tinha encontrado os destinatários, guardei. Guardei-as no coração, com medo de perdê-las. E agora, amigo, como o encontrei, lembrei-me então das suas sementes e, quando fui procurá-la, vi que elas, na umidade do suor e lágrimas da caminhada, haviam germinado e formado este lindo lugar.

— Algumas estavam pequenas, com apenas algumas raízes e poucas folhas, outras já estavam florindo. Eram flores de todas as espécies. Tinha também o canto do pássaro, e foi aí que entendi também por que o pássaro canta: não porque ele tem algo a dizer, mas porque traz uma melodia gravada na garganta, é mimo de Deus para alegrar nosso coração, tinha poesia, sorriso de criança, dança de roda; tinha alegria. Já estava brotando uma nova vida. Vi a felicidade.

— Então percebi que aquelas sementes, quando germinavam, cresciam, davam novos frutos e, por sua vez, novas sementes, traziam algo diferente, traziam amor, e que, apesar da minha pequenez, fragilidade e limitação, eu poderia sim ser um semeador, porque as sementes que nasceram já deram frutos e também outras sementes.

— Entendi que, para a humanidade ter paz e viver um espírito de fraternidade na busca da vida, precisa contemplar aquele madeiro, que não é mais um simples madeiro ou uma cruz, é a **ÁRVORE DA VIDA**, cujas sombras e cujos galhos também amparam, dão descanso, aconchego, acomodam e servem também de ninho para aquietar nosso coração.

Precisamos pegar ali suas sementes, plantá-las, semeá-las, guardar um pouquinho no coração, sabendo que elas têm força de vida, força de ressurreição, que, uma vez brotadas, fazem nascer água na terra seca, e, mesmo quando semeadas no inverno, brotam nas mais lindas primaveras, pois foram tiradas do coração aberto daquele homem chamado **JESUS**.

A CONQUISTA DA TERRA

> Por isso, profetize à terra de Israel e diga aos montes, colinas, precipícios e vales: Assim diz o Senhor: Eu falo com ciúme e furor: vocês suportaram o insulto das nações. Por isso, assim diz o Senhor: Levanto minha mão e juro que as nações vizinhas terão de suportar sua própria vergonha. Quanto a você, montes de Israel, abram seus ramos e produzam frutos para o meu povo Israel, pois ele está para voltar. Estou com vocês, agindo em seu favor: vocês serão lavrados e semeados. Multiplicarei seus habitantes, toda a casa de Israel. As cidades serão repovoadas e as ruínas serão reconstruídas. [...] Farei com que você nunca mais ouça os insultos das nações, nem sofra a caçoada dos povos, nem volte a deixar a nação sem filhos – oráculo do Senhor.
>
> [...] Quando eu purificar vocês dos seus pecados, farei com que suas cidades sejam repovoadas e suas ruínas reconstruídas. **A terra devastada será de novo cultivada, depois de ter ficado deserta à vista dos transeuntes.** Quem passar por aí, dirá: **'Esta terra que estava deserta, agora parece o jardim do paraíso!'** Reconstruo o que estava demolido e cultivo de novo o que estava deserto. Eu, o Senhor, digo e faço.[77]

Depois de mais esse desabafo, o viajante senta-se no chão ao lado da cadeira do velho sábio, aninha sua cabeça no colo do velho e, por um longo tempo, não fala nada, fica ali, como alguém que está sentindo o próprio acolhimento do pai. Dá um fundo suspiro, chora um pouco, agora bem baixinho, vai balbuciando algumas palavras que a princípio não dava para o velho entender, até que soltou do mais profundo do seu ser:

---

[77] Ez. 36,6-36.

— *Senhor! Ajude-me a destrancar este coração de pedra; ajude-me a seguir o teu caminho, a abrir minha vida a ti; ajude-me a fazer aquilo que estiver ao meu alcance, e o que não estiver eu entrego em suas mãos, Senhor!*

Foi aí que o velho sábio percebeu que o amigo viajante estava falando com Deus, e passando a mão em sua cabeça num gesto de carinho, exclamou:

— Seus olhos ainda verão muitos milagres, prodígios e curas, **não importa os caminhos que você já andou, não importa o seu passado, não importa como você esteja, meu amigo.** O que importa é que você se reconhece como um filho que necessita de ajuda. Deus mandou seu Filho a este mundo não para nos julgar, não para nos condenar. Ele mandou seu Filho para nos tirar do meio das trevas e nos levar para a luz, para nos tirar da morte e nos conduzir para a vida, para que nós fossemos libertados, fossemos amados, para que nós nos tornássemos n'Ele uma nova criatura.

Abrindo novamente a Bíblia, acrescentou:

> Veja: hoje eu estou colocando diante de você a vida e a felicidade, a morte e a desgraça. Se você obedecer aos mandamentos de Javé seu Deus, que hoje lhe ordeno, amando a Javé seu Deus, andando em seus caminhos e observando os seus mandamentos, estatutos e normas, você viverá e se multiplicará. Javé seu Deus o abençoará **na terra onde você está entrando para tomar posse dela**. Todavia, se o seu coração se desviar e você não obedecer, se você **se deixar seduzir e adorar e servir** a outros deuses, eu hoje lhe declaro: é certo que vocês perecerão! Vocês não prolongarão seus dias sobre a terra, onde estão entrando, ao atravessar o Jordão, para dela tomar posse. Hoje eu tomo o céu e a terra como testemunhas contra vocês: eu lhe propus a vida ou a morte, a bênção ou a maldição. Escolha, portanto, a vida, para que você e seus descendentes possam viver, amando a Javé seu Deus, obedecendo-lhe e apegando-se a ele, porque ele é a sua vida e o prolongamento de seus dias. Desse modo você poderá habitar sobre a terra que Javé jurou dar a seus antepassados Abraão, Isaac e Jacó.[78]

---

[78] Det. 30,15-20.

Acrescentou o velho:

— Aqui, amigo, nós não podemos fazer uma leitura literal da Palavra de Deus, e sim uma Leitura Espiritual, *lectio divina*, na qual vamos tomar como terra prometida, terra onde corre leite e mel, a terra a ser conquistada, a nossa própria "terra boa", "húmus", lembra? Quando Deus, lá no Velho Testamento, fala que está nos oferecendo a vida ou a morte, Ele quer dizer que a escolha é nossa, hoje, no Novo Testamento, a vida é o seguimento de seu Filho, Jesus. Ele deixa claro: se nós nos deixarmos seduzir por "outros deuses", deixarmos nos manipular, é certo que pereceremos; isso faz parte da nossa escolha, entendeu? Você se lembra de quando falei que aqueles que não guardarem o amor pela verdade da palavra serão seduzidos com todos os tipos de sedução?

Após dizer essas palavras, levantou-se de sua cadeira, pegou nas duas mãos do amigo, fechou os olhos e rogou ao Pai:

> *Pai, em nome de Jesus teu filho eu te peço receba em teus braços esta pobre alma, receba o coração daquele que para tu criaste, reavive o dom de Deus que ele recebeu por ocasião de seu batismo, reavive a chama viva do Espírito Santo, unja teus olhos para que ele possa ver seus prodígios, unja teus ouvidos para que ele possa escutar tua palavra; unja teu coração para que ele possa sentir o seu amor. Envia teus anjos sobre nós, sobre este lugar e nos abençoe. Não deixe mais que a sedução do mundo caia sobre este teu filho que tanto te invoca e desde já, agradecemos pelas Graças derramadas. Amém.*

E, ao terminar essa oração, os olhos do viajante já tinham outro brilho, a esperança já visitava seu coração e aumentava seu entusiasmo, momento em que o velho sábio pegou novamente seu violão e cantou para o amigo.

> Alô meu Deus,
> fazia tanto tempo
> que eu não mais te procurava,
>
> Alô meu Deus,
> Senti saudades tuas
> E acabei voltando aqui,

Andei por mil caminhos
E, como as andorinhas,
Eu vim fazer meu ninho
E em tua casa repousar.

Embora eu me afastasse
E andasse desligado,

Meu coração cansado,

Resolveu voltar.

Eu não me acostumei,
Nas terras onde andei.
Eu não me acostumei,
Nas terras onde andei.

Alô meu Deus,
Fazia tanto tempo
Que eu não mais te procurava.

Alô meu Deus,
Senti saudades tuas
E acabei voltando aqui.

Gastei a minha herança,
Comprando sé matéria,
Restou-me a esperança
De outra vez te encontrar.

Voltei arrependido,
Meu coração ferido
E volto convencido,
Que este é o meu lugar.[79]

— Nunca mais serei o mesmo. Disse o viajante.
 — Desde que cheguei na sua casa, minha vida tem se transformado. Agora, por exemplo, estou me sentindo exatamente como a letra dessa música, estou me sentido como aquele filho pródigo que andou por muitos caminhos, quebrou a cara, gastou tudo que tinha e depois voltou para a casa do pai, e o interessante é que nessa

---

[79] "Alô, meu Deus", gravada pelo Pe. Zezinho, scj.

volta não recebemos nenhuma bronca do pai, parece que ele vai nos acolhendo com um carinho todo especial, vai nos proporcionando um repouso em sua casa.

Acrescentou:

— Parece que a gente não percebe que está chegando, mas ao mesmo tempo parece que já estamos na presença d'Ele. Mesmo que você quase não tenha falado de Jesus, parece que eu já o conheço, é algo tão diferente que não consigo me expressar, é exatamente aquilo que os olhos não viram, os ouvidos não ouviram, o coração humano não percebeu, é algo que não tem palavras.

Após um olhar carinhoso para o amigo, o velho respondeu:

— Eu sei o que o amigo está sentindo, mas posso te garantir que é apenas o começo, Deus reservou muita coisa ainda para você. Temos ainda um longo caminho pela frente, mas, no momento, vou preparar o nosso jantar. Enquanto isso, fique meditando mais um pouco, isso vai te fazer bem.

Lá da cozinha, o velho sábio escutou um dedilhado no violão, com uma voz ainda meio tímida que cantava assim... "Alô, meu Deus...". O velho não se conteve, chorou. Chorou de alegria por perceber que estava ajudando mais uma alma a encontrar o caminho de volta para a casa do Pai. Sentiu-se como um verdadeiro pai recebendo um filho de volta.

Depois de terem jantado, o velho sábio serviu um doce de compota de goiaba com queijo dizendo que era para adoçar um pouco a vida do amigo, e este, com um sorriso no rosto, retrucou:

— O amigo velho nem imagina como tem ajudado a dar um sabor novo à minha vida. Como falei antes do jantar, nunca mais serei o mesmo; não vou falar que aqui vai ser o fim das minhas andanças, mas acredito que vai ser o início de uma nova caminhada, em uma nova estrada, e tudo isso eu devo ao meu anjo amigo, que me acolheu com tanto carinho, e aqui você tem repartido comigo não só o alimento biológico, mas também o emocional, e de uma forma muito gostosa o espiritual. Quando cheguei aqui, estava muito faminto e cansado da caminhada, só que eu não sabia que a minha fome era tão profunda e que o meu cansaço era muito mais emocional e espiritual do que físico.

E, após um pequeno silêncio, levantaram-se da mesa e assentaram-se novamente na varanda, para prosseguirem com o assunto, como que estivessem cumprindo quase um ritual.

Disse o velho sábio:

— Bom! Agora que já falamos da semente, vamos falar um pouco da terra.

Pegando sua Bíblia, abriu em um dos Evangelhos e leu para o viajante:

> Uma colheita custosa – Ajuntou-se uma grande multidão, e de todas as cidades as pessoas iam até Jesus. Então ele contou esta parábola: "O semeador saiu para semear a sua semente. Enquanto semeava, uma parte caiu à beira do caminho; foi pisada e os passarinhos foram, e comeram tudo. Outra parte caiu sobre as pedras; brotou e secou, porque não havia umidade. Outra parte caiu no meio de espinhos; os espinhos brotaram juntos, e a sufocaram. Outra parte caiu em terra boa; brotou e deu fruto, cem por um". Dizendo isso, Jesus exclamou; "Quem tem ouvidos para ouvir, ouça". A parábola quer dizer o seguinte: a semente é a Palavra de Deus. Os que estão à beira do caminho são aqueles que ouviram; mas, depois chega o diabo, e tira a Palavra do coração deles, para que não acreditem, nem se salvem. Os que caíram sobre a pedra são aqueles que, ouvindo, acolheram com alegria a Palavra. Mas eles não têm raiz: por um momento, acreditam; mas na hora da tentação voltam atrás. O que caiu entre os espinhos são aqueles que ouvem, mas, continuando a caminhar, se afogam nas preocupações, na riqueza e nos prazeres da vida, e não chegam a amadurecer. O que caiu em terra boa são aqueles que, ouvindo de coração, bom e generoso, conservam a Palavra, e dão fruto na perseverança[80].

O viajante, agora já afadigado para falar, quase interrompe o velho sábio com um...

— Meu Deus! Está tudo aí.

E continua sua fala, quase que sem fôlego, acrescentando:

---

[80] Lucas 8,4-15.

— Acho que meus ouvidos agora já estão ouvindo aquilo que nunca tinha escutado.

— O que o amigo escutou? Perguntou o velho sábio.

— Olhe o que o amigo velho leu. "Uma parte caiu à beira do caminho; foi pisada e os passarinhos foram, e comeram tudo"... Depois a parábola mesmo se explica: "Os que estão à beira do caminho são aqueles que ouviram; mas depois chega o Diabo e tira a Palavra do coração deles, para que não acreditem, nem se salvem". No meu entender, o Diabo tira a palavra ou o verbo divino que caiu no coração deles porque não estão no caminho, e sim na beira do caminho.

— Exatamente. Respondeu o velho.

— Se estivessem no caminho, a palavra não seria arrancada pelo Diabo. Mas o amigo viajante já tem consciência do que é exatamente o caminho? Perguntou o velho sábio.

— Bom! Não foi o próprio Cristo que falou, lá no seu último encontro com os discípulos, que Ele era o caminho, a verdade e a vida? O caminho não seria deixar Ele próprio ser o caminho em nós, isto é, sendo gerado no nosso coração? Indaga o viajante.

— É isso mesmo. Responde o velho sábio.

— Só que tem um "pequeno grande" detalhe: o Diabo não quer que você esteja no caminho e muito menos que Jesus seja gerado no seu coração, e aí, se você não tiver profundidade naquilo que acredita, se for uma pessoa superficial na fé, a primeira tentação... está tudo perdido. Você aborta Jesus de sua vida, e aí o amigo vai ter que começar tudo de novo, e assim vai... cai.... levanta.... cai e torna a levantar. Só que um dia, de tanto você ficar nessa lengalenga, nessa indecisão, o Diabo pode colocar na sua cabeça, em forma de sedução, que você está louco por querer ser tão santo, entendeu?

— Olhe aí a modernidade. Olhe, tudo é seu. Aproveite e seja feliz, pois eu construí todo este império para você e seus descendentes desfrutarem, aproveitem..., e assim por diante, tudo volta a ser como antes, afogando-se nas preocupações com as riquezas e os prazeres da vida.

Continua o velho sábio:

— Aqui, amigo, além de proteger as sementes dos "passarinhos", você tem que trabalhar e cultivar a terra, para que elas possam crescer com mais facilidade. E, neste caso, necessitamos ter conhecimento de qual área da nossa dimensão humana necessita de cura, libertação e de todo tipo de limpeza. Pois não é uma simples plantação, é a plantação do Reino de Deus.

— Mas vamos por partes. Disse o velho sábio.

— Em primeiro lugar, você precisa querer sair da margem da vida, da superficialidade, da beira do caminho e entrar no caminho. Vamos aqui fazer um parêntese e ver a vida de alguém que era cego e estava na beira do caminho.

Abriu sua Bíblia e leu para o amigo:

> Jesus saiu de Jericó, junto com seus discípulos e uma grande multidão. Na beira do caminho havia um cego que se chamava Bartimeu, o filho de Timeu; estava sentado, pedindo esmolas. Quando ouviu dizer que era Jesus Nazareno que estava passando, o cego começou a gritar: "Jesus, filho de Davi, tem piedade de mim!". Muitos o repreenderam e mandaram que ficasse quieto. Mas ele gritava mais ainda: "Filho de Davi, tem piedade de mim!". Então Jesus parou e disse: "Chamem o cego". Eles chamaram o cego e disseram: "Coragem, levante-se, porque Jesus está chamando você". O cego largou seu manto, deu um pulo e foi até Jesus. Então Jesus lhe perguntou: "O que você quer que eu faça por você?". O cego respondeu: "Mestre, eu quero ver de novo". Jesus disse:" Pode ir, a sua fé curou você". No mesmo instante o cego começou a ver de novo e seguia Jesus pelo caminho.[81]

— Vamos lá... Em primeiro lugar, onde estava o cego e o que ele estava fazendo? Perguntou o velho sábio.

— Estava na beira do caminho, pedindo esmolas. Respondeu o viajante.

— E pedir esmolas não é a mesma posição de pedir ajuda para sair da margem da vida, sair da exclusão, sair da cegueira espiritual de alguém que se reconhecia cego e principalmente que não estava no caminho?

---

[81] Mc. 10,46-52.

— Eu me senti o verdadeiro Bartimeu. Apesar de ter percorrido várias estradas, nenhuma delas era o caminho, e só aqui eu tive a certeza de que estava cego. Respondeu o viajante.

— Qual é a atitude do cego que sabia estar na margem do caminho quando escuta que Jesus estava passando ali no caminho, bem perto dele? Perguntou o velho.

— Ele fica gritando feito um louco. Responde o viajante.

— Só que esse gritar desesperado, acrescentou o velho, a ponto de ser repreendido pelos "santos" de plantão, não é a posição de alguém que quer ajuda, mas como uma necessidade de sair da "beira do caminho"? Pois é isso mesmo que aconteceu. Bartimeu sabia de sua cegueira, sabia que não estava no caminho e necessitava de ajuda, **ele queria ajuda**, eis aí um dos primeiros requisitos para você encontrar o caminho, a verdade e a vida. A necessidade. Estender a mão num pedido de misericórdia. Caso contrário, nada vai adiantar. Se você não tiver consciência de que está na margem da vida e muito menos de que precisa de ajuda, você vai querer conhecer Jesus para quê? Você se lembra da estória do cachorro deitado no prego?

— Mas vamos lá no cego de novo. Disse o velho sábio.

— O que aconteceu quando Jesus escutou seu clamor e mandou chamá-lo?

— Ele foi até Jesus para ser curado. Respondeu o viajante.

— Bom! Exclamou o velho sábio.

— Tem uns detalhes que nós não podemos deixar passar despercebido, continuou o velho.

— A passagem fala que o cego jogou seu manto para trás, deu um pulo e foi até Jesus. O que isso significa?

E, sem esperar resposta, respondeu:

— Jogar o mando para trás significa deixar a vida velha, deixar todas as máscaras e manias de um cego espiritual, todos os vícios do mundo, todas as seduções e paixões enganadoras. E dar um pulo significa um querer nascer de novo.

— Mas o que aconteceu depois? Perguntou o velho.

— Ele foi até Jesus e foi curado. Respondeu o viajante.

— Há outro detalhe que não podemos deixar de analisar: o que Jesus perguntou para o cego? Indagou o velho sábio.

— "O que você quer que eu faça por você?" Respondeu o viajante.

— Pois bem, Jesus não sabia que ele era cego?

E, continuando no seu pensamento, respondeu o velho:

— Saber Ele sabia, só que Jesus queria saber do próprio Bartimeu qual era a área da vida dele em que ele precisava de ajuda. E aí acontece o primeiro passo para a cura. **É você abrir seu coração e não ter vergonha de gritar que precisa de ajuda nesta ou naquela área de sua vida.** É você reconhecer que é impotente diante de Deus e dos homens, que é incapaz de resolver sozinho sua própria vida, os problemas de sua própria existência. Bartimeu falou a coisa mais bonita que eu já escutei; provavelmente eu me coloco no lugar dele todas as vezes que eu medito sobre essa passagem.

Nesse momento, o velho sábio, com a voz meio que engasgado, disse:

— "**MESTRE, EU QUERO VER DE NOVO**".

— Mestre é aquele de quem eu quero aprender o *ver de novo*. Exclamou o velho sábio.

— Foi isso que Bartimeu quis dizer: Mestre, meu Senhor, meu Deus, *eu quero ver de novo*.

Nesse momento o velho sábio se emocionou, fechou seus olhos e rogou aos céus:

— Mestre, não me deixe nunca mais na escuridão, Senhor! Não me prive da luz, eu não quero experimentar novamente as trevas.

O viajante levantou-se de sua cadeira, abraçou carinhosamente o amigo velho e nada falou, apenas ficou ali, sem saber o que falar. Calou-se. Apenas ficou ali por um bom tempo, deixando que o velho derramasse provavelmente alguma saudade ou alguma mágoa de seu coração.

Após recompor-se de sua emoção, disse o velho:

— Vamos lá. O que aconteceu com Bartimeu depois de curado? Ou melhor, o que disse Jesus após abrir os olhos do cego? Perguntou o velho sábio.

— "*Pode ir, a sua fé curou você*". Respondeu o viajante, acrescentando:

— Só que Bartimeu não foi, "*ele começou a ver de novo e seguia Jesus pelo caminho*". Disse o velho sábio.

— O amigo percebe que, para entrar no caminho, temos em primeiro lugar que **saber que não estamos nele** e, num gesto de humildade, pedir ajuda, gritar, se for preciso? Se o amigo prestar atenção daqui para a frente, todas as pessoas libertadas ou de alguma forma curadas por Jesus começam a segui-lo pelo caminho, pois sabem que, para permanecerem libertas e curadas, necessitam estar com Ele no caminho. Entendeu?

— Amigo velho! Exclamou o viajante.

— Poucos minutos atrás, quando eu estava abraçado com você, eu percebi que já houve muita dor em sua vida, mas aquele choro não foi de dor, parece que tinha também alegria?

— Olhe, amigo viajante, quando nos libertamos de algumas escuridões de alma, noites escuras, nós nunca mais esquecemos, porque escuridão tem cheiro de morte. Acrescentou.

— É por isso que precisamos ficar sempre com Jesus. Quem já viu as trevas nunca mais esquece o cheiro dela. Acrescentou.

— Mas o amigo está certo: quando meu coração proferiu aquela oração, acompanhado daquele choro, eu estava também dando graças pela libertação, tinha alegria, sim. E tinha ainda muita dor de saber quantas pessoas queridas podem estar ficando para trás, achando que estão no caminho. Eu acredito, no entanto, que um dia todos vão ter sua oportunidade de enxergar o verdadeiro caminho, mas, em todos os casos, a escolha é pessoal, não podemos interferir.

— Já divagamos muito, contudo. Vamos voltar à parábola do semeador. Disse o velho sábio.

— A palavra disse que algumas sementes caíram na pedra e brotaram, mas logo em seguida secaram e morreram, pois a raiz não alcançou profundidade. Isso equivale a dizer que essas pessoas que vivem na superficialidade das coisas não dão oportunidade para que a semente seja gerada no mais profundo de sua existência, pois acreditam que remover alguns obstáculos para que Cristo permaneça no coração não é necessidade delas, e sim dos "cegos e doentes", mas aqui "quem tiver ouvidos que ouça e quem tiver olhos que veja".

— Por que o amigo velho está questionando esses superficiais? Perguntou o viajante.

— É porque a grande maioria das pessoas que estão dentro de uma igreja acham que não precisam de ajuda. Já estão convertidas, curadas e libertas.

E, olhando para o lado, com uma expressão de olhar se não havia ninguém escutando, falou baixinho:

— "Acham que já estão santas". Só que estão muitas vezes mentindo para elas mesmas, só para cumprirem um papel social, só para "viverem em paz" consigo mesmas, diante de uma sociedade hipócrita, que por sua vez também se diz cristã. Aqui eu me lembro das palavras daquele hindu Mahatma Gandhi. "Eu gosto de Cristo, mas não gosto dos cristãos, porque eles falam de amor, mas fazem guerra".

E, depois de um pouco de silêncio, disse o velho sábio:

— Deixe isso para lá, isso é problema de escolha ou necessidade de cada um. Como eu disse antes, o QUASE é uma confissão de derrota com expectativa de vitória até o fim. Voltando à necessidade de sabermos qual é a área de nossa existência que precisa de ajuda, vamos imaginar que essa "terra boa", esse "húmus", somos nós. E daí vamos lembrar, imaginar, quais foram as sementes (heranças) que recebemos desde o início de nossa gestação.

— Eu já estava pensando. Quando o amigo velho estava falando do Bartimeu, eu estava me questionando o que eu teria para falar para Jesus, quando eu me deparar com Ele e me perguntar o que eu quero que Ele faça por mim. Retrucou o viajante.

— Para facilitar as coisas, continua o velho sábio, vamos imaginar uma lavoura ou um pequeno canteiro que você vai plantar. O que, em primeiro lugar, temos que fazer?

— Bom! Eu nasci na roça, e saber plantar eu acredito que sei. Respondeu o viajante.

— Primeiramente, temos que preparar a terra, derrubando todo o mato onde vamos plantar a lavoura. Depois de "enleirar" o mato derrubado, colocamos fogo para queimar toda a sujeira; depois gradeamos a terra; depois de gradeado, vamos catar ou arrancar toda raiz venenosa que possa brotar novamente e estragar a lavoura; depois de tudo catado, vamos matar as formigas, os cupins e todas as pragas e os insetos; depois vamos desterroar a terra gradeada, para quebrar os torrões; depois vamos fazer uma análise do solo, ver se a terra está ácida ou não, para colocar o fertilizante certo; feita a análise do solo, vamos jogar um pouco de calcário, para tirar a acidez se o solo for ácido, para finalmente adicionar os demais fertilizantes.

— Vejo que o amigo viajante é um ótimo agricultor, e isso vai ajudar o nosso trabalho. Parece que não foi esquecido nenhum detalhe.

E, olhando bem no fundo dos olhos do viajante, o velho perguntou:

— Agora, lembre-se de todos os detalhes que falamos sobre sua história. Quais as sementes que nasceram na "terra boa" da sua existência? Qual é o empecilho que não está deixando a semente certa germinar? Você se lembra em que acreditava quando chegou aqui? Você se lembra da sua infância? Você sabe como aconteceu a sua gestação? Você foi uma criança esperada e amada por seus pais? Você foi batizado ou consagrado a Deus? Ou ao mundo? Você foi uma criança rejeitada? Quais são os seus valores com relação aos bens materiais?

E continuou o velho sábio a indagar ao amigo viajante:

— Que tipo de mato eles deveriam derrubar? Que tipo de semente ele deixou nascer nessa terra? Para quem ele queria conquistar essa terra? Essa terra é uma terra fértil ou uma terra fraca? É ácida? Tem que ser jogado calcário? Adubo?

Agora, parece que o viajante percebeu o trabalho que teriam pela frente e perguntou ao velho sábio:

— Como vou fazer tudo isso nessa terra que é o meu próprio SER? Lá na roça é fácil, mas aqui dentro de mim, no mais profundo de mim mesmo, como isso acontece?

— Você se lembra de quando você mesmo questionou: **o que alguém pode fazer por mim que eu mesmo não possa fazer sozinho?** Perguntou o velho sábio.

— Pois bem! Vá e plante sozinho essa lavoura, derrube o mato, prepare a terra, faça você mesmo. O maior problema da humanidade é achar que não precisa de Deus para curar de suas feridas, para tratar de seu espírito. Nossa autossuficiência é que nos deixa nas trevas, e é por isso que nossa geração está vivendo uma grande depressão, pois tentou, no mundo moderno, resolver tudo pela razão e pela ciência. A isso os filósofos chamaram de **era da luz**, o que significa que o homem era iluminado pela própria razão e pela ciência. E agora, no mundo pós-moderno, chegamos à conclusão de que estava faltando alguma coisa.

— Como você soube me conduzir até a este ponto, talvez o grande problema que estava enfrentando até chegar aqui era exatamente achar que eu poderia sozinho derrubar o mato, preparar a terra e plantar minha própria lavoura. Ponderou o viajante.

— Isso é porque você é fruto do modernismo, acrescentou o velho, é fruto da filosofia da luz, na qual plantar a lavoura era explicado exatamente do jeito que você mencionou. Na qual a ciência e a razão tinham respostas para tudo, mas nem por isso, a razão e a ciência colaboraram de alguma forma na resolução de alguns problemas do mundo, mas não acabaram com a fome da humanidade, e não falo somente da fome material; não curaram o câncer, a aids, não acabaram com nossas angústias, nossas noites escuras, não acabaram com as divisões, não acabaram com as guerras. Mas o que eu acho bonito aqui, amigo, é que parece que tudo tem o seu tempo. Deus permitiu ou até mesmo foi iluminando o homem para questionar cada coisa em seu devido lugar, em seu devido tempo. Por exemplo: na Idade Média houve um grande avanço da vida monástica e, consequentemente, da espiritualidade; já no mundo moderno houve uma queda da espiritualidade e um avanço muito grande da razão e da ciência, e hoje, na aurora de novos tempos, está havendo uma síntese desses dois mundos, o médio e o moderno, para, agora, no pós-moderno, num religamento dos saberes, como diz o sociólogo e filósofo Edgar Morin, até mesmo num desafio da complexidade, podermos viver a plenitude de um novo tempo: **a razão, a ciência e a fé** como meios de resgatar nossa identidade, nosso eu, nossa dignidade de filhos de Deus.

Voltando da sua filosofia, continuou o velho sábio:

— É solo sagrado *"Não se aproxime. Tire as sandálias dos pés, porque o lugar onde você está pisando é um lugar sagrado"*[82]. Somente

---
[82] Êxodo 3,5.

Deus pode resolver. O lugar é sagrado, lembra? O lugar é o santo dos santos, lembra? É exatamente o buraco da sua existência que tem que ser cultivado, e neste caso quem responde agora é Jesus: *"O meu pai é o agricultor"*[83]; neste caso, quem vai dar as ordens é Ele. Mesmo que o *"terreno esteja já sem forma e vazio, cheio de abismos e trevas"*[84], com a simples ordem do agricultor: *"Que exista luz"*[85]; a luz vai se fazer presente, e aí eu digo, meu amigo, nenhuma noite dará a última palavra, ela sempre dará lugar ao amanhecer. É na pior treva que a luz tem o maior brilho. Ninguém pode com Ele, que sempre fará nova todas as coisas.

O viajante nada mais falou. Ficou mudo por um bom tempo, porque sentiu que o pior mato da sua existência estava sendo arrancado e queimado, a sua **autossuficiência**. Ficou remoendo sobre como plantar a lavoura, mas sempre vinha à sua mente: *"tire as sandálias dos pés, pois o lugar que você está pisando é solo sagrado". Tire as sandálias dos pés, é solo sagrado; tire as sandálias... Aqui o lugar da lavoura é o santo lugar e o santo dos santos.* E assim continuou, até que foi interrompido pelo velho sábio.

— O que o amigo viajante está pensando agora? Perguntou.

— Olhe, amigo velho, estava aqui pensando comigo mesmo que este lugar, embora seja um solo sagrado, eu nunca o tratei assim, e é aí que erramos, tornamo-nos cegos e deixamos qualquer semente cair e germinar.

— É isso mesmo. Exclamou o velho.

— Só que já ter consciência dessa verdade, de dar um sentido de sagrado para a nossa essência, já é cura, é libertação, é necessidade de limite e disciplina. Mas vamos voltar lá para a lavoura. Retrucou o velho.

— O amigo tem consciência, em primeiro lugar, de que era cego, certo? Tem consciência também de que estava à margem da vida, era marginalizado, certo? Tem consciência também de que está aqui neste lugar porque um dia sentiu o chamado do Senhor, levantou-se e entrou no caminho, certo? Pois bem, agora eu te pergunto: você já deu um pulo, jogou o manto fora, mas agora é hora da grande

---

[83] João 15,1.
[84] Gênesis 1,2.
[85] Gênesis 1,3.

pergunta de Jesus para você. O que o amigo quer que Ele faça por você? Só ver de novo?

— Não, amigo velho, sei que estava à margem ou à beira do caminho porque eu era cego, mas eu era cego porque tinha espinheiros, pedras, terra ruim, cacos, formiga, cupim e muitas outras coisas que atrapalhavam que Jesus fosse gerado no mais profundo do meu ser. Sei que já começou a ser cultivada a terra, só que sei também que é um processo que começou aqui nesse nosso encontro, nesta estrada, mas que vai perdurar até o último minuto da minha existência.

— É isso mesmo. Assentiu o velho. Agora é hora de você se lembrar de Sócrates, "Conhece-te a ti mesmo", do enigma da vida, "Decifra-me ou devoro-te", e assim por diante. É necessário o amigo ser transparente consigo mesmo, ser verdadeiro. E, à medida que for descobrindo em que área de sua vida você precisa de ajuda ou cura, leve-a até Jesus e fale para Ele o que o amigo pretende d'Ele. É preciso você investigar todas as áreas de suas dimensões, pedir que Ele mesmo volte ao seu passado com você, lá aonde você não pode voltar, e ir te revelando as feridas que necessitam de cura. Os falsos valores e as falsas verdades que precisam ser mudados, que te dê sabedoria para você distinguir aquilo que pode ser mudado e transformado pelo poder de Seu sangue e de Seu Espírito.

— Sabe, amigo velho, às vezes eu tenho uma luta muito grande comigo mesmo, uma luta entre as escolhas e consequências, a mente corrompida, sinto-me muito carente, um vazio existencial, idolatrias e mais idolatrias.

E, depois de uns minutos de silêncio, continuou o viajante:

— Acho que é isso que me provocava cegueira. Vou pedir a Jesus que me liberte desses espinheiros, que sejam retiradas desta terra todas essas pragas, esses escorpiões e esses lagartos. Concluiu.

— Olhe, às vezes temos que investigar muito mais fundo do que o amigo imagina. Em primeiro lugar, apesar da luta pregada pela Igreja entre a alma e o corpo, posso te afirmar que essas fraquezas não são da carne, elas estão impregnadas na alma, são paixões da alma, e não da carne. Na carne você consuma os apetites, muitas vezes desregrados, da alma, entendeu? É por isso que, desde o início, eu tenho falado sobre a necessidade de termos conhecimento, pois estes, com a graça de Deus, vão nos ajudar a superar nossas fraquezas. Por exemplo, os monges da Antiguidade, acreditando que essas fraquezas eram da carne, praticavam um tipo de ascese espiritual, castigando o corpo, maltratando-se, açoitando-se etc. E hoje, eu sabendo que essas intenções e esses desejos são da alma, não deixo que elas cresçem; tem que haver aqui, pelo conhecimento, fé e graça de Deus, o mortificar do pensamento, dos desejos, dos medos, das fobias, entendeu? Tem aqui que haver decisões, dizer não, resistir na mente. Ponderou o velho.

— Tem um ditado antigo, continuou o velho, que diz que não podemos proibir uma andorinha de voar sobre nossa cabeça, mas o que não podemos deixar é ela fazer ninho no nosso chapéu.

— Olhe, amigo velho, pensando assim as coisas se tornam diferentes. Parece que fica mais fácil o renunciar e pedir a cura para Jesus.

— É isso mesmo, amigo, temos que ter consciência exata de em qual dimensão da nossa existência está o nosso problema, onde está a nossa carência, onde estão nossos desejos, onde dói. Entendeu? Temos que diferenciar uma dor física de uma dor emocional e de uma dor espiritual. A estas duas últimas damos o nome de dor da alma, mas que, por sua vez, também podem ser diferenciadas quando é uma dor emocional de uma dor espiritual.

— Vamos por partes. Ponderou o velho.

— Mas antes quero esclarecer que a maioria de nossas doenças e dores físicas, aproximadamente 80% delas, tem origem psicossomática, ou seja, a raiz é uma dor emocional — por exemplo, uma mágoa, um sentimento de rejeição, ressentimentos, ódios e rancores mal resolvidos, preocupações financeiras, medos, inseguranças etc. —, que, uma vez não resolvida, desequilibra todo o nosso ser, manifestando-se em alguma de nossas dimensões. Assim como uma dor física ou doença física não resolvida pode gerar doença emocional, por exemplo, a depressão, ou até mesmo uma doença espiritual, a obsessão.

— Parece confuso, amigo velho. Retrucou o viajante.

— Éh! No início parece meio confuso, mas você já entendeu muita coisa, e o pouco que já foi esclarecido para o amigo já é meio caminho andado, não concorda?

— Mas vamos lá. Continuou o velho.

— O que você tem na dimensão biológica que precisa de cura ou salvação? Perguntou o velho.

Acrescentou:

— Não se esqueça de que a sua dimensão biológica é o que você é desde quando começou sua história, lembra? Desde a sua fecundação. Suas heranças, seu alimento sadio ou estragado, enfim, o seu corpo físico do jeito que você é hoje. Não se esquecendo também de que nessa dimensão você pode fazer muita coisa, até mesmo ir ao médico quando precisar. Lembre-se sempre: Deus vai fazer por você aquilo que você ou nenhuma outra pessoa puder fazer. OK?

— Bom! Amigo velho, nessa dimensão eu não vejo, pelo menos por enquanto, nenhum empecilho, seja herdado, seja assimilado, para que a semente boa germine. A não ser alguns pequenos problemas advindos de maus hábitos alimentares, e por levar uma vida um pouco sedentária, não vejo nenhum problema, não. Agora, com todos esses esclarecimentos, sei que é de minha responsabilidade corrigi-los, renunciando um modo errado de me alimentar, de viver; e, se possível, praticar algum esporte ou exercício físico para corrigir algumas posturas.

— Exatamente, amigo. Ponderar sobre a lavoura a ser cultivada, sobre essa terra boa, é trabalhar com muito afinco em todas as dimensões: corpo, mente e espírito. E isso é um processo; cada dia você vai descobrindo uma pedra aqui, uma erva daninha ali, e aos poucos você vai se renovando, como um verdadeiro filho de Deus. Costumo dizer um verdadeiro soltado de Cristo. Você já viu como um soldado "rala" para fazer parte da guarnição. Aqui também é assim, precisa se exercitar e saber onde precisa de maior preparo.

— Mas vamos meditar um pouquinho na dimensão psicológica. Acrescentou o velho.

— O que o amigo viajante pensa que pode ser empecilho para que você seja terra boa, "húmus", e para que a semente boa possa germinar? Lembrando-se de que nessa área estão nossas emoções, nossas boas ou más lembranças, nosso conhecimento, nossos desejos, nosso intelecto, nosso consciente, nossa afetividade. Talvez poderíamos dizer que é aqui a parte mais superficial da alma, e é por isso que falamos que as nossas fraquezas são paixões desordenadas da alma. Abrindo um parêntese, eu afirmo: não adianta mortificar o corpo; tem que haver renúncias, resistências e combates espirituais às vezes na mente.

Como houve silêncio por parte do viajante, o velho perguntou:

— Como foi a sua gestação? Você foi programado? Foi querido? E quando você nasceu? Você foi festejado? Você tinha irmãos, avós, tios? E como era a convivência com eles? Como foi sua vida na primeira idade? Na infância? Na adolescência e na fase adulta? Você tem recebido amor (alimento saudável) desde sua concepção? Você tem verdadeiros amigos? Sempre tem recebido carinho deles?

— Olhe, amigo velho, talvez aqui esteja o meu problema e o problema de grande parte da humanidade. Agora que o amigo me fez essas perguntas, parece-me que descortinou outros horizontes, os quais eu não havia percebido. É aqui principalmente onde falta alimentação boa e também onde mais recebemos comida estragada, como você mesmo diz. É essa dimensão que carece de maior cura e libertação. Precisa do remédio dos céus, ser lavada com o sangue do cordeiro, e ter também arrancadas todas as ervas daninhas.

— Quando nasci, continuou o viajante, fui o oitavo parto de minha mãe, e hoje posso entender que, para eles, naquela época, as coisas não deviam ser muito fáceis. Meus pais eram pessoas pobres, lutadoras com a vida, que também deveriam ter seus problemas, suas heranças e suas sementes, medos, até porque minha mãe já havia perdido duas filhas, morrido uma com infecção de ouvido, e outra porque nasceu prematuramente: minha mãe caiu quando estava grávida no oitavo mês de gestação. Quando minha mãe descobriu que estava grávida de mim, estava com um casal de filhos gêmeos de 5 meses de idade. E ali vinha eu, mais um. "Mais um mesmo".

Houve silêncio, o viajante falou mais algumas palavras, olhou para o velho, agora com os olhos cheios de lágrimas, e continuou:

— A vida era difícil, velho.

E, meio engasgado, comentou:

— Um dia, conversando com minha mãe sobre a descoberta de que estava grávida de mim, ela disse que se assustou e achou difícil ter mais um filho.

Depois de uns instantes de silêncio, comentou:

— Eu cheguei a sentir que não queria o amor de ninguém, eu me bastava.

— Você hoje teria coragem de pedir colo para seus pais, amigo? Perguntou o velho.

— Talvez seja este o motivo de suas carências afetivas, vazios existenciais. Você já pensou que às vezes vai ter que passar o remédio do perdão nesse passado? Tirar as barreiras, o coração de pedra?

— É por isso que Deus prometia que nos tiraria do peito o coração de pedra e limpar todas as impurezas? Perguntou o viajante.

— Não foi Jesus que falou que o "meu pai é o agricultor"? Na parábola, as sementes não caíram um pouco em cima das pedras? Perguntou o velho.

— Quando fala a palavra de Deus que o povo andava errante em terra estrangeira, era porque o povo não se encontrava, tinha dentro do peito uma história que não compreendia, entendeu?

— Quando Deus fala a Abraão "sai das suas seguranças, sai da tua terra e vai para uma terra que eu vou te mostrar", não é o mesmo que estamos fazendo? Você não está encontrando uma terra nova? Deixando o próprio Deus te mostrar a terra onde corre leite e mel? Encontrar a terra prometida? Você percebeu de qual terra estamos falando, amigo? Você já havia pensado que é esta a terra a ser conquistada? A ser gradeada, "calcareada"? Perguntou o velho.

— Como Abraão, é preciso ter coragem e partir rumo ao desconhecido. É preciso conhecer e conquistar a terra, mesmo que seja preciso lutar com feras, escorpiões, cobras venenosas e nossos próprios demônios.

— Quando mencionou que você se bastava, que sentia um grande vazio existencial, não seria por consequência de uma carência afetiva na infância? Você não estaria agindo como o menino que passava fome e, agora que tem comida, não se sacia com seu prato e fica sempre olhando o prato dos outros?

— A cura ou a libertação de determinados sentimentos, amigo, está exatamente em descobrirmos a origem e depois clamar o sangue de Jesus para nos limpar, para nos lavar, purificar. Está, na maioria das vezes, na nossa origem. Essas ervas daninhas que aparecem no nosso consciente, nos nossos afetos e desejos, estão com a raiz escondida no nosso ser, em lugar não tão difícil de serem descobertas; precisamos apenas entender e meditar um pouquinho sobre o assunto. Depois de descobertos, vamos procurar eliminá-los, agora usando de todos os meios iluminados por Deus, quer pela ciência, quer pela razão ou pela fé, e sempre clamando a graça de Deus sobre nós.

— Às vezes acreditamos ser aquilo que não somos. Por exemplo: quem nunca ouviu falar que "Gente daquela família não presta, aquela gente tem sangue de matador" ou "Cuidado com as mulheres daquela família, são todas bandidas" ou "Naquela família só existe ladrão", e assim por diante?

— Se você teve a infelicidade de nascer numa dessas famílias e acreditar que é verdade o que as pessoas falam, você vai ser uma coisa que não é, simplesmente você vai herdar conceitos e, acreditando neles, vai colocá-los em prática. Nesse caso, a cura está exatamente em você se conscientizar de que cada ser humano é único. Você não precisa ter herdado algum detalhe ou maneira de ser que é apenas de alguém de sua família. Após tomar conhecimento disso, renuncie esse conceito e clame o sangue de Jesus sobre você, para purificar as áreas que esses conhecimentos danificaram. É um querer e exercitar. É uma verdadeira ascese espiritual. Ponderou o velho sábio.

— Quero que o amigo vá meditando sobre o que estamos falando. Mais adiante vamos falar um pouco sobre o perdão e a cura interior, que é exatamente um clamar a misericórdia de Deus sobre aquilo que vamos descobrindo aqui no limpar a terra para que ela se torne boa.

— E no espiritual? O que pode ser empecilho para que a semente boa germine? Perguntou o viajante.

— Bom, amigo, o trabalho aqui é o mesmo, temos que pesquisar como foi o nosso passado, os nossos antepassados. Se houve herança (sementes) boa ou ruim. E aqui, amigo, não só desde o momento de nossa concepção, não; aqui temos que procurar também em nossos antepassados e pedir uma verdadeira libertação das gerações, paterna e materna. Temos que orar e clamar o sangue de Jesus sobre a nossa família, para que interrompa toda e qualquer maldição que porventura estiver sobre nós. Respondeu o velho.

— Mas a palavra de Deus não nos fala que Jesus nos libertou de toda a maldição de nossos antepassados? Perguntou o viajante.

— A palavra de Deus é muito clara nesse sentido. Respondeu o velho.

— Jesus fez-se maldição por nós, pois a palavra fala que maldito é todo aquele que é suspenso no madeiro. Fala também que os filhos não mais nasceriam com a boca embotada quando os pais comessem uva verde. Mas agora eu te pergunto: não é preciso que você reconheça a necessidade de ser salvo, e eleja Jesus como o seu Senhor? Quantos anos você tem? Até o presente momento, o amigo não estava como que morto na alma por falta de salvação? Por que você mesmo não sabia nada de salvação? O que Jesus pode fazer por mim que eu mesmo não posso fazer? Não é esta a pergunta?

— A escolha é sua, amigo, você precisa querer ser salvo, saber de que Jesus está te salvando e lutar pela sua salvação; e para, principalmente, permanecer nela. Ele não perguntou ao Bartimeu "O que você quer que eu faça por você?" Por que essa resistência em acreditar que herdamos maldições de nossos antepassados? Você sabe o que significa maldição? Perguntou o velho.

— Maldição não é maldizer, malquerer! Exclamou o viajante.

— É exatamente isso, só que no reino espiritual é desastroso, porque há anjos caídos que querem que você fique devendo favores a eles. Por isso eles vêm cuidar de seus intentos, e aí prendem famílias por várias gerações. Você imagina que um antepassado, querendo fazer um pacto com o encardido para ser bem-sucedido na vida, resolve, por exemplo, em vez de batizar seu filho, consagrá-lo a um deus pagão em um altar pagão? Aqui quero esclarecer que o consagrar é o mesmo que doar, dar a alma ao consagrado. Agora eu te pergunto: essa pessoa e seus futuros descendentes não vão ficar comprometidos por várias gerações até que se corte essa consagração? O mesmo acontece quando alguém joga praga ou te amaldiçoa. Nenhuma palavra fica sem consequência.

— Temos que orar, sim, e pedir a Deus pai, em nome de Jesus e pelo poder do sangue de Jesus, que nos liberte de todas as amarras de nossos antepassados. A oração de libertação aqui consiste em clamar o poder salvífico de Jesus sobre algo que é mais forte do que nós, aquilo que está nos aprisionando.

— Todas as heranças negativas que carregamos, sejam elas biológicas, sejam psicológicas ou espirituais, já estão definidas, e sozinhos não podemos lutar contra elas, estão no limite humano. Entretanto, Deus tudo pode fazer. Jesus pode lavar com seu sangue toda tendência hereditária negativa que nos impregna. É por isso que, no momento do batismo, é perguntado a nós se renunciamos a todas as obras de Satanás; e, ao respondermos que sim, somos lavados pelas águas do batismo, purificados ou aspergidos com o sangue do cordeiro, e, uma vez limpos e purificados, estamos como terra boa, prontos para sermos cristãos, ou seja, prontos para deixar Jesus entrar no santuário, no santo dos santos.

— E é por isso que, após tomarmos conhecimento de todos esses cuidados, devemos cuidar desde cedo do bem-estar e da saúde de nossos filhos, criando-os, desde cedo, com todos os tipos de bons alimentos, quer biológicos, quer psicológicos ou espirituais, sempre os orientando, impondo-os limites e abençoando-os e consagrando-os a Deus. Concluiu o velho.

— Há uma história que sempre gosto de contar, que deixa uma mensagem muito boa de tudo isso que foi falado. Acrescentou o velho.

Em uma reunião de escola, reuniram várias pessoas de diferentes seguimentos da sociedade, psicólogos, pedagogos, padres, pastores, professores, diretores, representantes dos pais, representantes dos alunos, para discutirem as dificuldades acadêmicas que todas as escolas estavam enfrentando no que se refere ao interesse dos alunos, aos objetivos dos mesmos, bem como a falta de limites em que chegavam às escolas. Todos palpitavam, mas em nenhum consenso chegaram. Após muito discutir, sem nada concluir, um dos pais presentes levantou e falou o seguinte: Olha eu estava aqui prestando atenção em tudo que foi discutido e cheguei à seguinte conclusão: 'o que está faltando para os alunos, jovens de hoje, é exatamente o amor'. Eu por exemplo, levanto muito cedo para ir trabalhar, quando levanto meus filhos ainda estão dormindo, e, como trabalho muito longe, quando volto para casa, já tarde da noite, meus filhos já estão novamente dormindo, nunca tenho tempo para eles, a não ser apenas no dia de domingo, único dia que consigo ficar em casa, mas uma coisa eu sempre faço. Todos os dias quando chego em casa, vou até o quarto de cada um dos meus filhos, cubro-os e dou um beijo em cada um, e, para que eles saibam que eu estive lá, que eu os amei, eu dou um nó na ponta do lençol. Quando eles acordam eles pensam, 'meu pai esteve aqui, ele me amou'.

Quando foram olhar quem eram os filhos daquele pai, viram que eram os melhores alunos do colégio.[86]

— Aí, amigo, eu te falo com toda certeza. Ali naquele nó estava Deus, porque onde existe amor existe também a presença de Deus, entendeu? Acrescentou o velho.

Já era tarde da noite, e, após ter escutado todos aqueles esclarecimentos, o viajante pediu ao velho sábio que, antes de irem dormir, fizessem juntos uma oração, rogando a Deus que viesse, sim, limpar aquela terra, tirar daquele coração alguns sentimentos que já haviam sido aflorados. Momento em que o velho sábio se colocou de pé, ergueu as mãos para o céu e rogou ao Pai.

> *Pai Santo, eis aqui uma terra a ser trabalhada, cultivada e conquistada para o teu Reino e é por esta causa, para a glória do teu nome, da tua santa igreja que eu peço por este teu filho. Clamo sobre ele, o poder do nome de Jesus teu filho, clamo o poder do Sangue de Jesus, que lave, purifique cure todas as áreas que estiverem precisando, só o Senhor conhece e prescruta todos os corações, tudo sabe e tudo pode. Entregamos em tuas mãos, todo o biológico, todo o psicológico e todo o espiritual deste teu filho, enviai do mais alto do céu as tuas bênçãos e nos abençoe. E, uma vez purificado com o sangue do cordeiro, sem defeito e sem mancha, nós pedimos agora Pai, enviai do mais alto do céu, dos quatro cantos da terra o sopro do Espírito Criador, o teu Espírito Santo Pai, e Santifica as nossas vontades, santifica nos nossos corações, reavive em nós a chama do teu amor. Venha Espírito Criador e renove a face da terra, começando em nossos corações, e assim como gerou Jesus no ventre de Maria, gere também agora em nossos corações. Amem.*

Ao terminar a oração, o viajante estava muito calado, sabendo provavelmente que agora estavam apenas começando a caminhada. E, antes de irem dormir, o velho sábio pegou o violão e baixinho cantou ao Mestre.

---

[86] Autor desconhecido.

Mestre, bom é estarmos aqui
Reunidos bem perto de ti
No silêncio e na paz
Mestre, reunidos no amor
Nós viemos ao monte tabor
Para em ti repousar

E nos cantaremos a mesma canção
Unidos no mesmo coração

Mestre, ao sairmos daqui
Nós iremos teus passos seguir
Com sementes nas mãos
Mestre, nós queremos plantar
O teu reino em todo lugar

E crescer como irmãos.[87]

---

[87] "Mestre", música do Pe. Joãozinho, scj.

MEU NOME É ISRAEL

> Agora, escute, Jacó, meu servo; preste atenção, Israel, meu escolhido. Assim diz o Senhor, que o fez, que o formou no ventre e o auxilia; não tenha medo, meu servo Jacó, meu querido, meu escolhido. Vou derramar água no chão seco e córregos na terra seca; vou derramar o Meu Espírito sobre seus filhos e a minha benção sobre seus descendentes. Crescerão como planta junto à fonte, como árvore na beira dos córregos. Um vai dizer: 'Eu pertenço a Javé'; outro ainda escreverá na palma da mão: 'De Javé'. E como sobrenome tomará o nome de Israel.[88]

Naquela noite, o viajante quase não dormiu, ficou meditando sobre a terra a ser conquistada. Nunca tinha pensado sobre sua concepção e seu nascimento; já conhecia a história, mas nunca tinha pensado nas possíveis consequências, em suas carências, em sua afetividade. Um abraço no pai, um abraço na mãe. Parece que havia algo diferente acontecendo, um sentimento de amor era diferente em seu coração. Uma saudade. O carinho por seus pais também estava diferente, e nesse pensamento ele divagou a noite toda. Quando levantou, o velho já havia ordenhado as cabras, já tinha feito um queijo e estava na casinha do monjolo colocando milho no pilão para fazer um pouco de canjica.

Naquela manhã o viajante não quis interromper o serviço do velho, queria ficar um pouco sozinho, queria refletir mais sobre tudo que conversaram no dia e na noite anterior.

Após terminar sua tarefa, o velho avistou o viajante do outro lado do riacho, perto da corticeira admirando a flor da orquídea, sentido o seu perfume, e percebendo a necessidade e o silêncio do

---

[88] Is. 44,1-5.

amigo viajante. Não se aproximou; deixou que este meditasse um pouco mais sobre sua própria vida.

Naquela manhã o viajante ficou totalmente em silêncio, andou um pouco pelo meio dos lírios do campo, deitou-se no meio do campo de margaridas amarelas, admirou o cantar dos passarinhos e, mesmo sem poder sentir, escutar e ver, imaginava o sorriso das crianças, a dança de roda, o canto da ciranda, imaginava sua infância, imaginava seus irmãos, seus pais, enfim, ficou muito tempo ali, deitado no meio do campo, velejando na sua existência. Depois de ter levantado do campo, subiu um pouco mais acima no riacho, deitou-se dentro das águas, num lajeado de pedras dentro do rio, e por lá ficou o resto da manhã, em oração, rogando a Deus que lavasse todas as suas impurezas de seus muitos pecados. E no seu íntimo pensava: "Senhor, este corpo, este coração é o santo dos santos, é lugar sagrado, é teu Senhor. Lava, purifica, transforma, que se faça luz, Senhor..." E assim ficou por toda a manhã.

O sol já estava no meio do céu quando o viajante caiu em si e resolveu voltar para casa. Quando entrou pela porta da sala, avistou o velho sábio pondo a mesa do almoço, e este, com um olhar carinhoso, exclamou:

— Hoje é dia de abraço de pai, é dia de banquete, dia de festa.

E o viajante, sem entender e achando que o velho estava falando dele como pai espiritual, aproximou-se do velho sábio, abraçou-o bem forte, beijou-lhe suas mãos, olhou em seus olhos e nada falou, apenas ficou ali sentindo aquele mágico momento.

— Mas vamos almoçar. Interrompeu o velho.

— Hoje temos um lindo dia pela frente, mas primeiro deixa eu pegar uma botija de vinho na dispensa. Hoje é dia de festa, afinal é mais um filho que volta para casa. Vamos começar já o banquete. Disse o velho.

Ao terminar essas palavras, o velho percebeu que o viajante estava chorando, pois sua sensibilidade estava à flor da pele. Estava com saudades de seu pai, pois fazia muito tempo que não dava nem recebia nenhum abraço dele.

Após acalmar o coração, fizeram juntos talvez a mais bela refeição. Não antes de o viajante fazer a oração que o velho sábio lhe ensinou: *"Obrigado, Senhor, pelos alimentos que recebemos de vossas mãos liberais, fruto da terra e esforço do trabalho do homem".*

Depois do almoço, após o viajante ter lavado toda a louça, o velho chamou-o para mais um pouco de conversa, dizendo:

— Hoje é um dia especial, amigo, hoje é um dia especial.

E, depois de se sentarem nas cadeiras de balanço na varanda da casa, prosseguiu o velho:

— Hoje vamos jogar um pouco de calcário nesta terra.

— Calcário? Retrucou o viajante.

— Calcário, sim! Exclamou o velho.

— Como o amigo viajante acredita que tiramos a acidez da terra? Não é exatamente jogando calcário nela? Pois então: hoje nós vamos "calcarear" a terra; ontem nós não gradeamos e catamos raízes e pedras? Hoje, para adiantar um pouquinho o serviço, vamos jogar calcário.

— E de que se trata esse calcário? Perguntou o viajante.

— Bom! Esse calcário é o único remédio que pode curar muita coisa, tirar o azedo de nossa vida. É exatamente o amor do Pai. Respondeu o velho.

Mas, antes de começar, olhou para estrada e lembrou-se do dia em que o viajante tinha chegado. Olhou para o amigo e exclamou:

— Naquele dia eu sabia que era mais um filho que estava procurando o caminho de volta para casa. Sabia que você, amigo, estava vindo ao encontro de uma pessoa que sente muitas saudades suas.

E, sem esperar pergunta nenhuma, respondeu:

— É teu Pai; ele sempre fica olhando ansioso pela estrada, para ir correndo e abraçar seus filhos, e cada novo filho que volta é motivo de grande festa.

— Esse Pai é Deus? Perguntou o viajante, já muito emocionado.

— É, meu amigo, esse Pai é Deus. E é por isso que estes dias todos você está sentindo cada vez mais a presença Dele.

— Mas, antes de começar... Interrompeu o velho, e, erguendo seus braços para o céu, fez uma linda oração:

> *Pai Santo, estou aqui juntamente com mais um filho teu. Bem a poucos dias quando olhei pela fresta da janela desta pobre casa eu o avistei e lembrei do teu abraço e de tua acolhida, lembrei-me do dia que eu também voltei. Era abraço de Pai, era roupa nova, era anel novo, sandálias novas e o novilho, lembra, Pai? Mas aqui está mais este filho e é por ele que eu peço em nome de Jesus teu filho. Mande Pai, do mais alto do céu o poder do teu Espírito, manda dos quatro cantos da terra o sopro divino, e que se faça luz na escuridão da noite desta pobre criatura, que se faça luz no caos que está no teu coração, dê forma àquilo que está sem forma e vazio, que se faça uma nova vida, um novo ardor, uma nova esperança; que se faça vida, poesia, contemplação, comunhão com o teu reino, nova aliança. Amém.*

Após a oração, o velho sábio pegou sua Bíblia e leu para o amigo viajante a parábola em que Jesus falava do filho pródigo e, consequentemente, do Pai misericordioso:

> Jesus continuou: 'Um homem tinha dois filhos. O filho mais novo disse ao pai: 'Pai, me dá a parte da herança que me cabe'. E o pai dividiu os bens ente eles. Pouco dias depois, o filho mais Novo juntou o que era seu, e partiu para um lugar distante. E aí esbanjou tudo numa vida desenfreada. Quando tinha gasto Tudo o que possuía, houve uma grande fome nessa região, e ele começou a passar necessidade. Então foi pedir trabalho a um Homem do lugar, que o mandou para a roça, cuidar dos porcos. O rapaz queria matar a fome com a lavagem que os porcos comiam, mas nem isso lhe davam. Então, caindo em si, disse: 'Quantos empregados do meu pai têm pão com fartura, e eu aqui, morrendo de fome... Vou me levantar, e vou encontrar meu pai, e dizer a ele: Pai, pequei contra Deus e contra Ti; já não mereço que me chamem teu filho. Trata-me como um dos teus empregados'. Então se levantou, e foi ao encontro do Pai. Quando ainda estava longe, o pai o avistou, e teve compaixão. Saiu correndo, o abraçou, e o cobriu de beijos. Então filho disse: "Pai, pequei contra Deus e contra ti; já não mereço que me chamem teu filho". Mas o pai disse aos empregados: depressa, tragam a melhor túnica para vestir meu filho. E coloquem um anel no seu dedo e sandália nos pés. Peguem o novilho gordo e

o matem. Vamos fazer um banquete. Porque este meu filho estava morto, e tornou a viver; estava Perdido, e foi encontrado'. E começaram a festa.[89]

— Quando eu medito sobre esta passagem, continuou o velho, eu sempre encontro coisa nova; apesar de já ter meditado e falado sobre ela muitas vezes, é sempre um abraço novo do Pai. Ponderou.

— Mas, para meditar sobre o filho pródigo, sobre nós quando nos arrependemos de nossos passados, quando sentimos saudades de Deus, eu gosto de falar mais sobre a misericórdia do Pai.

— O que acontece quando o filho se levanta e vai ao encontro do pai? Perguntou o velho sábio ao viajante.

— Bem. Parece-me que, quando ainda estava longe, o pai o avistou, teve compaixão, saiu correndo, abraçou-o e o cobriu-o de beijos. Respondeu o viajante.

— Isso mesmo. Respondeu o velho sábio.

— Mas não para por aí. Retrucou o velho.

— Quando o filho tenta falar alguma coisa, o pai nem escuta, fala aos empregados: "Depressa, tragam a melhor túnica para vestir meu filho, coloquem um anel no seu dedo e sandália nos seus pés. Peguem o novilho gordo e o matem. Vamos fazer um banquete. Porque este meu filho estava morto e tornou a viver, estava perdido e foi encontrado". E começaram a festa.

— Percebe? Continuou o velho sábio.

— O pai avistou-o porque estava sempre olhando a estrada, na esperança de que um dia seu filho voltasse para casa. Provavelmente ficava horas e horas ali olhando para a estrada esperando seu filho amado. Continuou.

— Em ato contínuo, após ter avistado o filho, a saudade era tamanha que ele sai correndo ao encontro do filho, abraça-o e cobre-o de beijos. E, mesmo que o filho queira justificar, ele não escuta nada, porque seu amor e sua satisfação do retorno eram tão grandes que não havia nada a perdoar. Retrucou o velho sábio.

Neste momento o viajante fica totalmente em silêncio e recorda que ele também acabou de ser encontrado e abraçado pelo Pai; que,

---
[89] Lc. 15,11-14.

mesmo sem saber o que falar, sentiu-se amado e abraçado como nunca tinha sentido antes.

— Mas por que a expressão "esse meu filho estava morto e tornou a viver, estava perdido e foi encontrado"? Perguntou o viajante ao velho sábio.

— Você se recorda de como estava a sua alma quando chegou aqui? Perguntou o velho sábio.

Sem esperar respostas, respondeu:

— A expressão "morto" é uma morte de alma, noites escuras da alma, ausência total da presença de Deus. "Estava perdido e foi encontrado" é porque ele seguiu o único caminho que leva ao Pai. Você se lembra do cego Bartimeu?

— "Estar à margem do caminho" significa que ele não estava no caminho, estava perdido e foi encontrado por quem?

Nesse momento, recitou as palavras do Evangelho, quando se referia ao cego de Jericó:

— "Coragem, levante-se, Jesus chama você..."

— Quando o filho volta para a casa do pai, é porque se encontrou no caminho, foi encontrado no caminho. Continuou o velho sábio.

— Só que não termina aí. "Matem um novilho gordo, coloquem um anel em seu dedo e sandálias em seus pés". Na simbologia do povo hebreu, o anel significa aliança, anel de família, sinal de pertença. Naquele momento estava o pai restaurando a aliança com o filho, a aliança do nome de família, o que significa que esse filho é meu. Continua o velho.

— E as sandálias em seus pés? Perguntou o Viajante.

— Significa proteção, término de escravidão, pois, quando o filho volta para a casa do pai, estava em uma situação de escravo das coisas do mundo, provavelmente estava descalço. Respondeu o velho sábio.

Momento em que o viajante não se conteve e chorou, pois, pela primeira vez, pôde sentir em seu coração que era um amado de Deus, que estava de volta à casa do Pai.

Nesse momento, já sabia o velho sábio que o viajante estava prestes a partir, pois o processo de encontro com Deus e o reavivamento do Espírito já haviam acontecido. Mas tinha a necessidade de adverti-lo a respeito da volta ao mundo da sua existência, pois, como dito anteriormente, o lugar e as conversas entre ambos são arrebatamentos de alma e espírito em momentos de meditação, oração e conversa do autor com o próprio Deus e consigo mesmo.

São momentos de arrebatamento, de um vislumbrar do homem liberto, uma terra sarada, um lugar onde corre leite e mel. Um vislumbrar da terra prometida.

O MUNDO

Eis que eu envio vocês como ovelhas no meio de lobos. Portanto, sejam prudentes como as serpentes e simples como as pombas. Tenham cuidado com os homens, porque eles entregarão vocês aos tribunais e açoitarão vocês nas sinagogas deles. Vocês vão ser levados diante de governadores, por minha causa, pelo meu nome, a fim de serem testemunhas para eles e para as nações. Quando entregarem vocês, não fiquem preocupado como ou com aquilo que vocês vão falar, porque nessa hora, será sugerido a vocês o que vocês devem dizer...O irmão entregará à morte o próprio irmão; o pai entregará o filho; os filhos se levantarão contra seus pais, e os matarão. Vocês serão odiados de todos, por causa do meu nome. Mas, aquele que perseverar até o fim, esse será salvo. Quando perseguirem vocês numa cidade, fujam para outra.[90]

— E o mundo? O que o amigo velho me fala do mundo? Perguntou o viajante.

— Vou te devolver a pergunta. Retrucou o velho sábio.

— Eu é que te pergunto: o que você acha deste mundo?

— Bom! Por tudo que já conversamos até aqui, parece que o mundo está um verdadeiro caos. Exclamou o viajante.

— Exatamente. Retrucou o velho sábio.

— Isso aqui me parece que está uma verdadeira apostasia, pois vivemos em um mundo secularizado ou dessacralizado, no qual as decisões são tomadas levando em consideração não mais

---

[90] Mt. 10,16.

os **princípios** cristãos, mas sim os **resultados** mais "prazerosos", fáceis, lucrativos, baseados em uma cultura neoliberal e capitalista.

— Você se lembra de quando o anunciador de Nietzsche, o Zaratustra, anuncia que o **"homem é uma corda estendida entre o animal e o super-homem: uma corda sobre um abismo; perigosa travessia, perigoso caminhar; perigoso olhar para trás, perigoso tremer e parar"**? Perguntou o velho ao viajante.

— Lembro. Respondeu o viajante.

— Mas o que tem essa fala de Nietzsche a ver com o mundo? Perguntou o viajante.

— Olhe. Retruca o velho.

— O mundo não é formado pelos países, e estes por estados, que são formados pelas cidades, e estas por comunidades, que, por sua vez, são formadas de homens?

Pois bem! Parece-me que os homens estão fazendo o caminho inverso, pois o mundo nunca viveu tanto conhecimento, e, apesar disso, o homem, em vez de se superar, de transcender sua finitude, de se encontrar e resgatar sua dignidade, de viver um verdadeiro nascer de novo, como disse Jesus a Nicodemos, está vivendo um dos piores momentos da história humana, com uma crescente degradação do meio ambiente, que chegou ao seu limite, o aquecimento global, as ameaças de uma guerra nuclear, os desmatamentos e as desordens e catástrofes climáticas, misturados a cenários de fome, miséria, doenças, falta de recursos de necessidades básicas e demasiada precariedade humana, graças à ganância de poder e dinheiro tão difundida pelo neoliberalismo rumo à nova ordem mundial.

Tudo pode para se auto afirmarem no poder, levando a humanidade a um verdadeiro caos, a uma verdadeira crise de valores, em nome de uma "falsa" democracia, e muitos se atrevem a falar que estão fazendo em nome de Deus.

Estamos vivendo uma verdadeira crise em nossos valores morais, e a corrupção generalizada da alma humana é um derivado inevitável dessa situação, de falta de solidez nas relações, sejam sociais, quando ligadas ao trabalho, sejam morais ou afetivas, em que tudo é permitido, uma vez que os fins justificam os meios; tudo é relativo e abstrato. Uma verdadeira ditadura da subjetividade.

Uma verdadeira transformação na so*ciedade de consumo com manipulações sobre as estruturas mentais do homem, o qual se vê parte de um sistema de significações que o obrigam a buscar satisfações mais simbólicas que propriamente funcionais.* Uma simbologia de poder voltada à libido com conotação hedonista, com uma falsa ideia de estética para o mundo pós-moderno.

Politicamente, vivemos um mundo globalizado, também chamado de neoliberalismo, com a globalização da política, da economia, da religião e da cultura, segundo o qual se parte da ideia de que o homem se basta a si mesmo como indivíduo.

Acentua-se a pessoa como ideal absoluto, minimizando seu aspecto social. Esse mesmo liberalismo defende, antes de mais nada, a ideia de liberdade. Na sua origem, ele foi progressista e até revolucionário diante dos regimes absolutistas de seu tempo. Sistema econômico imposto à humanidade por meio de sua política e de seu horizonte cultural e religioso.

Trata-se de uma ideologia que se concretiza, sobretudo, na estruturação de uma economia voltada somente à vantagem individual, ou seja, o lucro e a sua maximização, colocando tudo numa função instrumental e transformando qualquer ser vivente, até a pessoa humana, em mercadoria a serviço do lucro. Isto é, a humanidade e a natureza devem estar a serviço do lucro. Por isso, o objeto do lucro legitima a possibilidade de explorar, violentar, massacrar e destruir a humanidade e o seu meio ambiente.

Para o neoliberalismo, o bem real é individual, pois o bem comum não existe na forma comunitária, mas se dá por meio do bem privado.

Esse tipo de sistema só sobrevive quando a política se torna a serviço do lucro, e não a serviço do bem comum; a cultura transforma a pessoa humana em um grande consumidor, valorizando o outro somente como um potencial a serviço do lucro, porque é visto como mercadoria, tornando-o sempre mais subserviente ao novo ídolo do capital.

A pessoa, para ser reconhecida como valiosa na sociedade, deve ser competitiva e explorar ao máximo seus recursos, mesmo que esses recursos sejam "o outro", a ética seja maquiavélica, ou seja, o fim justifica os meios. Isso significa que o lucro, como fim, pode justificar a instrumentalização e até o massacre da humanidade.

A religião professa um novo Deus: o ídolo do capital, que tem o lucro no coração, criando a espiritualidade da prosperidade, que alimenta a corrida da riqueza, porque radicaliza, por meio do fundamentalismo religioso, um Deus que quer somente prosperidade e fartura para o seu povo, desvalorizando assim a sobriedade da vida que é fundamental para a partilha e justiça distributiva dos bens; e a sociedade exclui a maioria para salvar o sistema declarado o mais evoluído da história humana.

Trata-se de uma exclusão sistêmica e não casual, mas considerada inevitável pelo neoliberalismo, que a define como consequência alheia à vontade da sociedade e do sistema neoliberal.

Nesse sistema, prescinde-se de uma globalização da cultura, conforme comenta Tamaio Acosta. Trata-se de um momento culminante da expropriação cultural.

> Globalização da cultura, como temos assinalado, os seus aspectos mais profundos de dominação, porque penetra na vida íntima de seus espíritos, destruindo sua originalidade e sua identidade. Aqui o direito calculado é de uma determinação religiosa e cultural: é decidir, o direito, para uma pessoa e um povo, de definir autonomamente o sentido de sua vida e sua história, de construir sua própria identidade. Momento culminante da expropriação cultural é a interiorização, por parte dos grupos e povos dominados, da identidade e dos valores dos dominadores, o reconhecimento de suas superioridades e a acentuação da dependência como 'normal.[91]

– Exclamou o velho sábio: – Por trás de todo esse sistema político, econômico, cultural, religioso, amigo, existe um movimento demoníaco chamado hoje de "nova ordem mundial", ou nova era, cuja visão é dominar o mundo, a pequena aldeia global. Se você prestar atenção a tudo que está acontecendo, vai perceber um desestabilizar da humanidade, para alguém assumir o controle. Quem? Perguntou o velho.

---

[91] TAMAYO-ACOSTA, J. J. *10 palabras clave sobre globalización*. Estella, España: Verbo Divino, 2002. p. 131.

Dê uma olhada entre a corrida pelo poder, de um lado o Mercado Comum Europeu, o Grupo Asiático, a Alca, entre outras tantas comunidades internacionais supralegais. Veja quais são as verdadeiras intenções. Veja, por exemplo, o porquê de os grandes grupos econômicos, verdadeiras comunidades internacionais, estarem desestabilizando os pequenos países, até mesmo insuflando terrorismos, para depois eles mesmos assumirem o controle.

> A globalização econômica disseminou pelo mundo inteiro o modelo ocidental, e essas grandes comunidades internacionais, ditadas pela "nova ordem mundial" são sua base principal, às vezes utilizando meios questionáveis e com freqüência submetendo as culturas locais a humilhações. Estaríamos agora enfrentando as conseqüências de décadas da política estratégica americana? A América é uma vítima inocente?[92]

O domínio e o controle sobre os seres humanos levam-se a cabo mediante as **técnicas de manipulação**. O exercício da manipulação das mentes tem especial gravidade hoje por três razões básicas:

1) Continua orientando a vida para o velho ideal de domínio, que provocou duas hecatombes mundiais e hoje não consegue preencher nosso espírito, pois já não podemos crer nele.

2) Impede de se dar uma reviravolta para um novo ideal que seja capaz de levar à plenitude de nossa vida.

3) Incrementa a desordem espiritual de uma sociedade que perdeu o ideal ao qual perseguiu durante séculos e não consegue descobrir o que seja mais de acordo com a natureza humana.

Em seu Evangelho, o próprio Jesus já advertia que apareceriam *muitos "falsos" que farão grandes sinais e prodígios, a ponto de enganar até mesmo os eleitos, **se fosse possível**"*[93]. – Continuou o velho: – Hoje existem cursos de marketing que ensinam os grandes empresários e políticos a manipularem seu público na arte de enganar, de seduzir, de vender "seu produto". Somos uma geração de pessoas carentes. E esses empresários, com seus cursos voltados para a afetividade, aprendem, por meio de um método chamado "ancoragem", a enganar

---

[92] CHOMSKY, Noam. *11 de setembro*. Tradução de Luiz Antônio Aguiar. Rio de Janeiro: Bertrand Brasil, 2001. p. 37.
[93] Mt. 24,24.

suas presas, pessoas carentes, sensíveis, que estão precisando de apoio e acolhimento.

— São verdadeiros mestres na arte de acuar suas vítimas e, quando cobrados, são peritos na arte de inverter a direção de um dedo acusador. Gostam de repetir "Quando há um dedo apontando para mim, há três apontando para quem me acusa", mas eles nunca se contentam com esses três dedos. Sua refinada técnica consiste em minimizar o peso das cobranças e acusações contra eles e em maximizar "as falhas" dos seus cobradores e acusadores.

— Usam máscaras, e quero aqui salientar que essas máscaras são "personas", personalidades, que no reino das trevas são aquelas personalidades que ficam esparramadas nos ares, como diz o apóstolo Paulo na Carta aos Efésios, que aos poucos vão tomando o lugar do rosto e passam a ser ele. Ponderou o velho.

— Essas pessoas são egoístas porque querem? Perguntou o viajante.

— Não. Respondeu o velho.

— Agora você imagina que aquela mesma criança que passava fome, conforme mencionei anteriormente, ficou adulta e, mesmo adulta, careceu, ou carece, de muitos outros alimentos, tais como: carinho, amor, compreensão ou, de alguma forma, de se sentir amada. Se ela nunca teve ou teve pouco demais, sua atitude será sempre daquela criança em frente a seu prato de comida. Sempre vai querer receber, mas nunca se doar; sempre economizar o que tem para não acabar. E o pior: vai ficar sempre de olho no prato dos outros.

— Aqui, o que ela necessita para curar do seu egoísmo é desprender do pouco que acha que tem, que são suas pequenas seguranças, e doar-se um pouquinho. Aí, meu amigo, elas vão aprender sobre o milagre da partilha, como aquele menino que teve a coragem de levar os três peixes e cinco pães até Jesus. Foram multiplicados, e ainda sobraram muitos cestos. Quando doamos, sempre recebemos mais do que doamos. Francisco de Assis já falava: "É dando que se recebe..."

— Como devemos agir nesse caso? Perguntou o viajante.

— Olhe, amigo, o remédio aqui nesse caso, após identificar as atitudes de manipulação, pelo menos por situações-padrão da "persona", linguagem, atos, frutos, depois de reunir todas as **evidências**[94], a melhor coisa a fazer, mesmo que seja muito difícil e dolorido, é estender a mão numa atitude de "pare"! Agora! Qualquer tentativa de negociação, de acomodação, de conciliação será fatal. Temos que aprender a dizer **NÃO**, ficar longe, porque, na verdade, são pessoas tóxicas, que sempre nos farão algum mal. Respondeu o velho.

— O próprio Cristo, continuou o velho, advertiu-se de que apareceriam muitos "falsos" e concluía sempre: "Pelos frutos os conhecereis". Pelas evidências conhecê-lo-eis. Mas nunca se esqueça de uma coisa: essas pessoas são de grande valia, vão nos obrigar a nos fortalecer, a ficar mais esperto, mais alerta, mais rápidos no gatilho, mais ágeis no lidar com a **espada**[95]. Ponderou.

— Se aprendermos a lidar com esses escorpiões pequenos que nos incomodam, certamente vamos estar mais preparados para enfrentar os leões que nos aguardam em cada esquina, a cada dia da nossa vida. Nós devemos sempre ter essas situações como escola. Você imagina que é uma estátua de pedra bruta e que todas as pessoas que vierem a ter com você são artesãos permitidos por Deus, cada um com seu formão e martelo na mão, para nos modelar. Se bem que a parte mais difícil e dolorida de ser modelado em nós é o coração. Concluiu o velho.

E, pegando sua Bíblia, o velho disse ao viajante:

— Na Carta de Judas está escrito o seguinte:

> Amados, tendo um grande desejo de escrever-lhes a respeito da nossa salvação comum, fui obrigado a fazê-lo, a fim de encorajá-los a lutar pela fé que foi transmitida aos fieis de uma vez por todas. De fato, infiltraram-se no meio de vocês alguns indivíduos que desde há muito tempo, estão inscritos para o julgamento. Eles são uns ímpios, que converteram a graça de nosso Deus em pretexto para a libertinagem e negam Jesus Cristo, o nosso único soberano e Senhor. [...] São eles que participam descaradamente das refeições fraternas de vocês,

---

[94] A **evidência**, na lógica formal de Aristóteles, filósofo da Grécia Antiga, leva-nos à certeza, à verdade. "A evidência é o que fundamenta a certeza. Definimo-la como a clareza plena pela qual o verdadeiro se impõe à adesão da inteligência. A certeza, por sua vez, é o estado do espírito que consiste na adesão firme a uma verdade conhecida, sem temor de engano". Negar as evidências, portanto, é negar a verdade. É como somar 2 mais 2: não podemos negar que a soma seja 4.

[95] "Espada" aqui tem a conotação de "espada do Espírito, que é a Palavra de Deus" (Ef. 6,17).

apascentando a si mesmos com irreverência. Eles são como nuvens sem água, levadas pelo vento, ou como árvores no fim de outono que não dão fruto, duas vezes mortas e arrancadas pela raiz. São como ondas bravias do mar, espumando a própria indecência. São como astros errantes, para os quais está reservada a escuridão das trevas eternas. Também Henoc, o sétimo depois de Adão, profetizou sobre esses indivíduos quando disse: "Eis que o Senhor veio com seus exércitos de anjos para fazer o julgamento universal e convencer todos os ímpios de todas as suas impiedades criminosas e de todas as palavras insolentes que os pecadores ímpios proferiram contra ele". São uns murmuradores que renegam a própria sorte e agem de acordo com suas próprias paixões; sua boca profere palavras orgulhosas e bajulam as pessoas por motivos interesseiros.[96]

Continuou:

— O apóstolo Paulo adverte-nos: *"Não se submetam ao mesmo jugo com os infiéis. Que relação pode haver entre justiça e iniquidade? Que união pode haver entre luz e trevas? Que harmonia pode haver entre Cristo e Beliar? Que relação entre quem acredita e quem não acredita? Que há de comum entre o templo de Deus e os ídolos? Ora, nós somos o templo do Deus vivo, como disse o próprio Deus: "habitarei no meio deles, e com eles caminharei. Serei o seu Deus, e eles serão o meu povo. Portanto, saiam do meio dessa gente e afastem-se dela, diz o Senhor. Não toquem naquilo que é impuro, e eu acolherei vocês. Serei pai para vocês, e vocês serão para mim filhos e filhas, diz o Senhor Todo-poderoso"*[97].

— São João da Cruz, monge reformador do Carmelo e grande doutor da Igreja de Cristo, dizia que temos que vencer três inimigos, a saber: o mundo, nós mesmos e o demônio. E, com relação ao mundo, ele aconselhava o seguinte:

> [...] que a respeito de todas as pessoas devemos ter igual amor e igual esquecimento, quer sejam parentes, quer não os sejam, desprendendo o coração tanto de uns como de outros; e até, de certo modo, mais dos parentes pelo receio de que a carne e o sangue venham a exacer-

---

[96] Judas 1,3-4; 12-16.
[97] 2Cor. 6-14-18.

> bar-se com o amor natural que costuma existir entre os parente e que convém mortificar sempre para atingir a perfeição espiritual. Considere todos como estranhos e desta maneira cumprirás melhor o teu dever para com eles do pondo neles a afeição que deves a Deus. Não ames uma pessoa mais do que a outra, porque errarás, pois, é digno de maior amor aquele que Deus mais ama e tu ignoras a quem ele ama mais. Esquecendo-os, porém, igualmente a todos, como te convém fazer para o santo recolhimento, livrar-te-ás do erro do mais e do menos com relação a eles. Nada penses a respeito deles, nem bem, nem mal. Evita-os, o quanto te for possível. E se fores remisso em observar estes pontos, não saberás ser religioso, nem poderás chegar ao santo recolhimento, nem livrar-te das imperfeições que isso traz consigo. E, se neste particular quiseres permitir-te alguma liberdade, com um ou com outro, enganar-te-á o demônio ou tu a ti mesmo, sob cor de bem ou de mal. Se assim procederes, terás segurança, pois, de outro modo, não poderás libertar-te das imperfeições e danos que as criaturas costumam causar à alma.[98]

— Olhe, amigo, apesar de parecerem exagerados os conselhos do monge, cada um de nós deve saber onde tomar maior cuidado, onde deve colocar maior proteção, cada um sabe de seus próprios limites, e, mesmo assim, parece que todo o cuidado é pouco.

— Mas tudo isso que falamos está praticamente no nível pessoal. Como então devemos fazer no âmbito do mundo? Retrucou o viajante.

— Em primeiro lugar, respondeu o velho, vejo uma necessidade muito grande de que haja uma dessecularização ou sacralização do mundo. Mas como?

Sem esperar respostas, o velho responde:

— Por meio de formação, esclarecimentos, estudos e, principalmente, uma evangelização com um forte "ardor missionário", de pessoas que tiveram realmente um encontro com Cristo. Não se amoldar à estrutura de século (mundo), mas transformar-se pela renovação espiritual da inteligência[99]; procurar as coisas do alto e mortificar aquilo (conceitos, valores) que pertence à Terra, e, por

---
[98] SÃO JOÃO DA CRUZ. *Obras completas*: escritos espirituais. Petrópolis: Vozes, 1998. p. 114.
[99] Rm. 12,2.

meio do conhecimento e da graça de Deus, ir se renovando à imagem do Criador[100].

— Mas, para concluir, amigo viajante, vou te contar uma história, e assim o amigo mesmo chega às suas conclusões:

>Dizem que um pai, por não ter com quem deixar o filho de oito anos de idade, levou-o para seu escritório. Lá chegando, o garoto não deixava o pai trabalhar, queria de tudo saber. Muito pensativo, o pai ficou imaginando algum brinquedo para distrair seu filho. Após alguns minutos, resolveu pegar o mapa do mundo que estava pendurado na parede e fazer dele um grande quebra-cabeças, pensando que seu filho teria distração para o resto do dia. Depois de picá-lo em pedaços bem pequenos, chamou o filho e, dando-lhe o brinquedo, falou: "olha, filho, aqui está o mundo para você consertar". Após uma hora de trabalho, o filho já havia consertado todo o mundo. Meio sem entender aquela situação, o pai perguntou ao filho: "filho, como você conseguiu?". Respondeu o filho: "olha, pai, quando o senhor cortava o mapa para fazer dele um quebra-cabeças, eu vi que tinha a figura de um homem nas costas dele, então concluí: 'Se eu consertar o homem, o mundo também ficará perfeito' e aqui está, veja você mesmo"[101].

Após o velho sábio ter acrescentado essas coisas a respeito dos relacionamentos, o viajante estava de cabeça baixa e muito triste, momento em que o velho interrompeu o silêncio, convidou o amigo para descansarem, porque, como a noite já ia bastante adiantada, era melhor continuarem o assunto no outro dia. Apenas acrescentou:

— É preciso que você medite bastante sobre o que você escutou e tudo que foi falado. Sei que às vezes é muito difícil enxergarmos algumas verdades, mas não se esqueça: *"A verdade liberta"*.

Naquele dia o viajante não falou mais nenhuma palavra, não conseguia disfarçar sua tristeza, o olhar fixo e baixo e muita angústia. No seu íntimo, o velho respeitou a dor do amigo, não comentou mais nada. E, com um gesto de carinho, passou a mão suavemente em seu cabelo e disse:

---

[100] Col. 3,5-10.
[101] Autor desconhecido.

— Coragem, amigo, levante-se.

No dia seguinte, quando o velho se levantou, a casa estava vazia; a cama do amigo viajante, arrumada; o leite das cabras já tinha sido tirado e estava em um caldeirão em cima da mesa. Preocupado com o amigo, o velho dirige-se à beira do riacho e encontra-o dentro das águas em oração, e fica ali admirando o amigo viajante por algum tempo, mas percebe, sobretudo, que o viajante estava muito bem, estava louvando a Deus.

Percebeu também que o riacho não era mais um pequeno riacho, era um grande rio, não muito fundo, mas um rio agora com bastante água; era água viva, era vida, parecia que havia mais brilho, unção. Por cima daquela água havia óleo. Quando o viajante sai das águas, o velho percebe que o amigo viajante tinha também outro brilho, o brilho de filho de Deus.

— O que foi que aconteceu, amigo? Perguntou o velho ao viajante.

— Foi a fenda da rocha, amigo velho, foi a fenda da rocha. Respondeu o viajante.

E, sem interromper a fala, continuava:

— Foi a fenda da rocha; é de lá que vem esta água. Foi assim que aconteceu com o Senhor.

E, abraçando o velho sábio, sem se conter, continuava:

— O véu do santuário rasgou-se, o santo dos santos. Ficava repetindo isso várias vezes.

— Foi o véu do santuário, o santo dos santos. Era preciso que passasse pelo calvário, era necessário sentir a dor da cruz. Acrescentava.

— Mas agora o véu do santuário se rasgou. E ficou repetindo isso por várias vezes.

— Sabe, amigo velho, quando você me apresentava este lugar, eu não entendia nada, você falava de coisas que eu não via, eu não via nada do que você falava, mas agora meus olhos se abriram, vejo a sua catlleya, os lírios do campo, os pássaros do céu, o canto do sabiá, vejo sorrisos de crianças, dança de roda, escuto a música da ciranda, são crianças, anjos dançando, cantando. Isso aqui é um pedaço do céu.

Abraçaram-se e choraram juntos por um longo tempo, agora não mais de angústia, mas de alegria, pois a vida tinha voltado àquele coração.

— Sabe, amigo, continuou o viajante, ontem à noite, depois de todos aqueles esclarecimentos, eu não consegui parar de pensar. Viajei a um passado próximo, no qual ainda havia muitas feridas e mágoas, apesar de termos meditado muito sobre a conquista da terra, sobre o perdão. Então percebi que, quando falava do passado, pude compreender que as minhas experiências eram minhas; chorei muito, mas, apesar de tudo, pude ver que toda a humanidade precisa se abrir para essa experiência com o Deus vivo.

— Roguei aos céus e pedi ao Senhor que tivesse misericórdia. E hoje de manhã, bem cedo, eu vim tomar banho nas águas do riacho. E, quando tomava meu banho, lembrei-me novamente das mágoas, e foi aí que pedi que Deus as transformasse em sentimentos de vida, e não de morte, em sentimentos nobres, em compaixão; pedi a Deus que lavasse aquelas feridas, e então as entreguei ao altar do Senhor e pedi que fossem santificadas. Continuou o viajante.

— Então, meu amigo, eu experimentei um amor que não era meu, senti uma grande compaixão por todos aqueles que também estão procurando o caminho. E novamente eu roguei aos céus... "Pai Santo, sinto que eles necessitam de sua ajuda, de seu amparo, são também seus filhos, meus irmãos, não deixe que eles se percam, deixe que eles experimentem também da água deste rio". De repente, a água estava aumentando de volume, as margens alargaram-se, sentia que ela estava brotando da fenda aberta no coração de Cristo Jesus, como rios de água viva, e então pude ver crianças-anjos com vasilhas nas mãos pegando da água viva do rio e levando para eles. E eu gritava bem alto: "Vão, anjos dos céus, querubins, serafins, levem desta água para quem tem sede, tem sede de Deus". Agora é só uma questão de tempo, é só uma questão de tempo.

Ria, chorava e repetia:

— É só uma questão de tempo, amigo velho. O tempo de Deus.

— Você viu, ouviu e sentiu coisas que nunca tinha visto, ouvido e sentido; você viu a glória de Deus. Ponderou o velho.

— Você também, com a sua liberdade, conseguiu cultivar a sua catlleya, talvez a mais linda flor: na verdade, o nome verdadeiro dela é compaixão. São desses sentimentos que nascem os maiores milagres de Deus, é do perfume dessa flor que acontecem as verdadeiras curas. Você se lembra de quando te mostrava o meu jardim, a minha catlleya lá no sopé da serra, no tronco de uma corticeira? Acrescentou o velho.

— Pois bem! Lembra-se de quando falei que há algumas sementes que são muito difíceis de serem cultivadas, e, quando germinam, temos que cuidar de cada raiz, cada brotinho? E que valia a pena esperar e perseverar? Você conseguiu o seu jardim, meu amigo, conseguiu o seu rio, conseguiu conquistar sua terra. Agora é só vigiar para que não nasça nenhuma semente ruim, nenhuma praga, entendeu? Há tempo para tudo debaixo do céu, tempo para plantar, tempo para colher... Temos que esperar o tempo certo de cada coisa, o tempo de Deus.

— Você se lembra da arara-azul que eu te mostrei? Quando a encontrei era apenas um pequeno filhote desprotegido, precisando de alguém que cuidasse de sua fome e de suas chagas. Mas, quando ficou adulta e conseguiu se cuidar sozinha, eu não pude prendê-la, deixei que voasse para junto dos seus. E é assim que devemos viver em comunidade, sem prisões, com muito carinho, amor e liberdade, mas sempre com o coração vigilante, acolhedor e fraterno. Ponderou o velho.

— De vez em quando, quando ela se sente faminta, sente saudades do amigo velho, ela volta a me fazer uma visita, na desculpa de buscar um pedaço de fruta. E é assim que continuam nossas histórias. Continuou o velho sábio.

Com brilho diferente no olhar, o coração cheio de vida, o viajante chama o velho para sentarem-se na varanda do casebre, pega o violão e começa a cantar para o amigo:

> Ando devagar / porque já tive pressa;
> Levo esse sorriso / porque já chorei demais.
> Hoje me sinto mais forte / mais feliz quem sabe...
> Só levo a certeza de que muito pouco sei / eu nada sei...
>
> Conhecer as manhas e as manhãs,
> O sabor das massas e das maçãs,
> É preciso amor para poder pulsar,
> É preciso paz para poder sorrir,
> É preciso chuva para colher,
>
> Penso que cumprir a vida seja simplesmente,

Compreender a marcha e ir tocando em frente,
Como um velho boiadeiro levando a boiada
Vou tocando os dias pela longa estrada eu vou...
Estrada eu sou...

Conhecer as manhas e as manhãs,
O sabor das massas e das maçãs,
É preciso amor pra poder pulsar,
É preciso paz para poder sorrir,
É preciso a chuva para colher,

Todo mundo ama um dia / todo mundo chora,
Um dia a gente chega / e o outro vai embora,
Cada um de nós / compõe a sua história,
Cada ser em si carrega / o dom de ser capaz.../ de ser feliz...

Conhecer as manhas e as manhãs...
Ando devagar / porque já tive pressa,
Cada um de nós compõe a sua história,
Cada ser em si carrega / o dom de ser capaz.../de ser feliz...

Pela primeira vez, o velho sábio deu uma grande gargalhada, levantou-se de sua cadeira, abraçou o viajante e concluiu:

— O amigo encontrou o tesouro, a pérola escondida. Você hoje é um homem rico...

O CONVITE

Participe dos sofrimentos como bom soldado de Jesus Cristo. Ao se alistar no exército, ninguém se deixará envolver pelas questões da vida civil, se quiser satisfazer a quem o alistou no regimento. do mesmo modo, um atleta não receberá a coroa se não tiver lutado conforme as regras. O agricultor que trabalha deve ser o primeiro a participar dos frutos. Procure compreender o que estou tentando dizer, o Senhor certamente lhe dará inteligência em todas as coisas.[102]

Vocês não sabem que no estádio todos os atletas correm, mas só um ganha o prêmio? Portanto, corram, para conseguir o prêmio. Os atletas se abstêm de tudo; eles, para ganhar uma coroa perecível; e nós, para ganharmos uma coroa imperecível. Quanto a mim, também eu corro, mas não como quem luta contra o ar. Trato com dureza o meu corpo e o submeto, para não acontecer que eu proclame a mensagem aos outros, e eu mesmo venha a ser reprovado.[103]

Quanto a mim, meu sangue está para ser derramado em libação, e chegou o tempo da minha partida. combati o bom combate, terminei a minha corrida, conservei a fé. Agora só me resta a coroa da justiça que o Senhor justo Juiz, me entregará naquele Dia; não somente para mim, mas para todos os que tiverem esperado com amor a sua manifestação.[104]

[102] 2Tm. 2,3-7.
[103] 1Cor. 9,24-27.
[104] 2Tm. 4,6-8.

— Agora, meu amigo, ponderou o velho, você encontrou o tesouro, encontrou a pérola escondida, encontrou com o seu Senhor, já não é mais o mesmo viajante perdido de quando chegou aqui. Você hoje é uma nova criatura. Mas só mais uma coisa me cabe adverti-lo. Você deve preparar-se para, assim como Paulo, lutar o bom combate. Como um atleta de Cristo, você deve tomar todas as precauções para manter a forma, manter a marcha, praticar o pugilato com garra, manter a fé para que também um dia você possa receber a coroa da vitória.

— O que o amigo velho está falando? Perguntou o viajante.

— É exatamente isso que o amigo está ouvindo: não é porque você se encontrou, fez sua experiência com Cristo, que o amigo já é merecedor da coroa. Como atleta de Cristo, você conseguiu pegar a tocha acesa; sua função agora é manter o fogo e correr a sua maratona, e no caminho você vai achar muitas pessoas para tentar apagá-la, exatamente como te falei anteriormente. Vão aparecer muitos e bons "..." para tentar apagar sua tocha, então o amigo terá que lutar o bom combate. Usar de todas as armas disponíveis que o Senhor lhe mostrar.

— O apóstolo Paulo declara-nos que, assim como os atletas de uma maratona têm que se abster de certos vícios e alimentos para manterem a forma, nós, como atletas de Cristo, também temos que renunciar muitas coisas para nos manter na forma de bons soldados de Cristo.

— Manter a forma de Cristão, continuou o velho, lutar o bom combate, seguir a marcha nada mais é do que manter Jesus vivo em nosso coração; não deixar que ele seja retirado do santo dos santos. Precisamos nos manter vigilantes, renunciar aquilo que não for da vontade de Deus, aquilo que descobrimos que impedia que ele entrasse em nossa vida e outras coisas mais que virão para fazer com que não continuemos no processo de cura e libertação.

— Como Maria e José, temos que fugir de determinadas situações que põem o menino Deus que está sendo gerado em risco de morte, até que ele cresça e não corra mais risco de ser morto por Herodes, ou pelo inimigo dele, como queira.

E, após falar essas palavras, o velho sábio pegou sua Bíblia e leu para o amigo:

> Depois que os magos partiram, o Anjo do Senhor apareceu em sonho a José, e lhe disse: 'Levante-se, pegue o menino e a mãe dele, e fuja para o Egito! Fique lá até que eu avise. Porque Herodes vai procurar o Menino para matá-lo'. José levantou-se de noite, pegou o menino e a mãe dele, e partiu para o Egito.[105]

— Nunca tinha ouvido essa passagem dessa forma. Retrucou o viajante.

— Agora que Jesus vive no meu coração, tenho que protegê-lo, para que Ele não morra. Assim como José e Maria, vou ter que obedecer às ordens de Deus e fugir dos inimigos que querem matá-lo.

— É exatamente isso. Comentou o velho sábio.

— Você agora tem uma determinação, um alvo, um objetivo. É por isso que Paulo fala: "Agora, porém, deixo o que ficou para trás e corro rumo ao alvo". Seu alvo agora, amigo, que já preencheu o vazio de sua vida, encontrou com seu amado, como diz João da Cruz, é permanecer fiel ao projeto de Deus, e para isso tem que ter coragem e determinação. Mas, em tudo isso, posso afirmar que o Senhor Deus nos deu um Espírito de Vitória, não um espírito de medo; designou-nos para sermos vencedores. O cristão vitorioso, como o atleta vitorioso, vence porque está deliberada e pessoalmente envolvido do começo ao fim em um processo que conduz à vitória.

— Por que o amigo velho não escreve sobre tudo o que conversamos por estes dias? Acredito que ajudará muitos a encontrarem seus próprios caminhos e, assim como eu, sentir o abraço gostoso e misericordioso do Pai. Ponderou o viajante ao velho sábio.

— Eu estava exatamente pensando sobre o assunto, amigo viajante, só que eu não vou escrever sozinho; nós vamos escrever juntos, pois esta é a nossa história.

— Sério, amigo velho?

— Verdade, meu amigo viajante, acredito que muitas pessoas vão seguir nosso caminho na mesma viagem, assim como nós também viajaremos ainda em muitas outras histórias.

— Se você concordar em escrevermos juntos, qual o nome o amigo viajante daria ao livro? Indagou o velho sábio.

---
[105] Mt. 2,13-14.

— Eu daria a ele o nome de CONQUISTANDO A TERRA, uma verdadeira terra prometida, onde corre leite e mel. Respondeu o viajante.

Após dizer essas palavras, o velho sábio abraçou o viajante; o coração deles fundiu-se. E, como que em um despertar de um sonho profundo, acordou o viajante sentado em frente à escrivaninha de seu escritório e teve, naquele momento, a certeza de que mais um capítulo de sua história existencial estava escrito, que era o momento de iniciar um novo ciclo em sua vida, participando, talvez, na história e viagem de outros caminhantes para a casa do Pai.

Percebeu ainda que necessitava sempre desses arrebatamentos de alma até a presença de Deus, para manter vivo o Cristo Jesus no mais profundo de sua alma, no santo dos santos como templo vivo do próprio Deus. Sabia que, entre o ideal e o real, muitas vezes, seria ele o velho sábio e, em outras oportunidades, o viajante, mas sempre procurando lutar o bom combate, para um dia poder também, como disse o apóstolo Paulo, como bom soldado de Cristo, receber a coroa da vitória.

FIM